「ン……、ぅ、あ！」あまりにも濃密な血を受け止められなくなりそうで、牙を抜いて喉を反らした。

（本文より抜粋）

DARIA BUNKO

魅惑の甘露 ～幼妻はハーフヴァンパイア～

真崎ひかる

ILLUSTRATION 明神 翼

ILLUSTRATION
明神 翼

CONTENTS

この作品はフィクションです。
実在の人物・団体・事件などに一切関係ありません。

魅惑の甘露　～幼妻はハーフヴァンパイア～

《○》

暗い。

視界が黒い。

月のない夜空が、暗いだけではない。橋の上に設置された街灯にも、すっぽりと黒い布がかけられて光を隠しているみたいだ。

目に映るすべての光が、どんどん弱々しくなっていく。

「……意識は、まだあるか」

頭上から落ちてきた男の声に、ピクッと瞼《まぶた》を震わせる。

重い瞼をなんとか押し開くと、傍《かたわ》らに膝《ひざ》をついた誰かに顔を覗《のぞ》き込まれているのがわかった。

夜を映したような、漆黒の瞳がジッと自分を見詰めている。白い額《ひたい》に落ちる一筋の髪も、闇に溶け込むような夜の色で……ぼんやりとした視覚では、捉《とら》えられなくなりそうだ。

背中と頭の下に手が差し入れられ、身を横たえていた冷たいアスファルトから上半身を起こされるのがわかった。

身体の感覚も鈍く、触れられているかどうかさえあやふやだ。

「今にも死にそうだな」

感情を窺《うかが》わせない淡々とした声に、心の中で「そうだな」と返す。男が顔の前で開いた大きな手には、ベッタリと鮮血が付着していた。

指から滴《したた》るほどのそれが、自分のものだということくらいはわかる。全身が冷たく、この失血では命が尽きるまでさほど時間がかからないであろうことも、予想できた。

「……か？」

短く尋ねられた言葉の意味を、深く考えるほどの思考力は残っていない。だから、頭に浮かぶまま小さく答える。

「…………」

声に、ならなかったかもしれない。

喉《のど》を通る息はかすかなもので、舌もほとんど動かず……きちんと発音できたという自信は、ない。

けれど、目の前の男はかすかに唇《くちびる》の端を吊り上げる。

まるで、ものすごく面白いオモチャを見つけたかのように……。

「……ぁ」

その唇がうっすらと開かれたかと思えば舌が覗き、まるで、こちらに見せつけるかのように鮮血の伝い落ちる指を舐《な》める。

　直後。

闇に沈みかけていた視界に、突如きらびやかな光が舞った。

光？　……違う。

つい今しがたまで漆黒だったはずの男の髪が、輝くばかりのプラチナブロンドに変化しているのだ。

こちらを見据えている同じく闇色だった瞳は、澄んだ宝玉を思わせる翠色《みどりいろ》に。

「……んし？　キレー……」

夜の闇を背景に光を纏《まと》う、宗教画の天使を思わせる美貌《びぼう》。

生まれて初めて目にしたそれは、言葉では言い表しようのないほど麗《うるわ》しい光景だった。

そうだ。

今まさに、死出の旅路へと向かおうかという時に目にするものとしては、悪くない。

天使に迎えに来てもらうような善行は、なに一つしていないはずだけれど……と、そう頭を過《よぎ》ったのを最後に視界が闇に包まれた。

「うん？　……気の早いヤツだ。そう急《せ》くな」

耳のすぐ傍《そば》で、低く心地いい声が響く。

喉を反らすように頭を掴《つか》まれて、唇にやわらかな感触が押しつけられる。

冷たい。体温を失くしているはずの自分より、ずっとずっと冷たいなにかが触れ……舌先をくすぐられる。

唇に触れているものとは対照的な、トロリとした熱いものが舌の上に流し込まれた。

甘い。砂糖や蜂蜜やメープルシロップ……今まで味わったことのある、どんな甘味よりも強烈な甘露は、恐れさえ呼び覚ます。

これほど極上の甘みを知ってしまったら、この先どんなものを口にしても物足りなくなってしまうのではないかと……。

「ほら。飲み込め」

「ッ……ぐ」

反らした喉を撫《な》でられて嚥下《えんげ》を促され、ほんの少し喉仏を上下させた。

なに？　甘いとばかり思っていたのに……熱い？

灼熱《しゃくねつ》の、熔《と》けた金属を飲み込んだみたいだ。熱くて……熱くて、喉が焼ける。

冷えきっていた全身に熱が巡り、無機物となりつつあった身体が、内側から強制的に生へと追い立てられる。

「飲んだな。いい子だ」

「う……っン、は……っぁ」

ビクビクと、全身が小刻みに震える。

動きを止めかけていた心臓を、無理やり掴まれて血液を搾《しぼ》り出されているかのようで、胸元を握り締めた。

脈動を感じる。ドクドク……力強く心臓が、動いている？

「苦しいか。一刻だけ我慢しろ」

髪を撫でられたような感触に続き、ふわりと身体が浮き上がる。

薄く開いた目に映るのは、銀の髪と翠の瞳で……浮世離れしたその容貌はあまりにも美しく、夢と現《うつつ》を曖昧《あいまい》に行き来しているみたいだった。

「ふ……軽いな。これでは食うに足りん」

そんな声が耳に入ったような気もするけれど、もう瞼を開いていることができなくて、吐息と共に目を閉じる。

震える舌の上には、強烈な甘露の余韻がいつまでも滞り続けていた。

《一》

「じゃあ、そろそろ行きます。今までお世話になりました」

歩望《あゆむ》は、肩にかけたバッグの紐《ひも》を握って深々と頭を下げる。

施設長と、物心ついた頃には既にここにいた職員の女性は、そうして挨拶《あいさつ》をした歩望に小さくうなずく。

十八歳までいられるのだから、遠慮せずにいてもいい。ここから高校に通うこともできる……という説得を蹴ったのは、歩望だ。この施設で世話になるのは、義務教育が終わるまでと決めていた。

高校に進学して、高等教育を受けて……それから？

大学進学など望めるわけもないし、自分が唯一興味のある分野に進むのは不可能だとわかりきっている。

それなら、一日でも早く働いて、社会を動かす小さな歯車の一つになったほうがいいと思ったのだ。

生かしてくれと自ら望んだわけではないけれど、こんな自分を十六歳まで養育してくれた社会に対する、ささやかな恩返しになるのならそれでいい。

「なにかあれば、いつでも連絡してちょうだいね。……つらいことがあれば、帰ってきてもいいのよ？」

「……うん。ありがとう」

涙ぐみながら見送ってくれる女性を前にしても、惜別《せきべつ》の情というものは湧《わ》いてこなくて、自分はとことん冷たい人間なのだなと諦めの滲《にじ》む苦笑を浮かべる。

血縁者でもない。ただの、職員だ。給与が支払われなければ、自分たちの面倒を見る義理もない。

歩望など、数多くいる『可哀想な恵まれない子』の一人でしかないだろう。そうわかっているから、優しげな言葉にも期待はしないと子供の頃から決めている。

「住み込みの仕事先を紹介してくださって、ありがとうございました。与えられた役目を、きちんと果たします」

施設長の紹介で、住み込みでの仕事を得たのだ。

日々を食い繋《つな》ぐ程度の仕事はともかく、住む場所は未成年の自分だけではどうにもできなかったと思うので、ありがたい。

「長いあいだ、ありがとうございました」

もう一度二人に頭を下げると、身体の向きを変えて門へと向かう。

小花の咲くプランターの並ぶ小道を抜けて、所々に錆《さび》の浮いた白い門を出る。

門の支柱となっている石の柱に彫られた、『聖母愛護園《せいぼあいごえん》』の文字をチラリと横目で見遣って、通り過ぎた。

歩望は十六年前の夏の朝、この石の柱の前に置き去りにされていたところを保護された。両親については、なに一つ知らない。苗字の沖原《おきはら》は施設長のものだし、歩望という名は当時の保育部長によって与えられた。

発見時に生後間もなくだろうと推測されたので、誕生日は八月一日となっているけれど、それさえ定かではない。

「望みに向かって歩け、って？　この世界のどこに、望みなんてあるんだか」

皮肉な笑みを浮かべて早足で歩き続け、十六年を過ごした白い建物から遠ざかる。

誰にも……この世に生み出した『親』というものにさえ望まれなかった自分が、なにを望めばいいのかさえわからない。

ただ、……そうだ。存在することに意味がないのは、空《むな》しい。

せめて、この身に血が流れていることの理由を知ることができれば、生かされたことにも納得できるかもしれない。

「どこの誰の血か、わかんないけど……ね」

ふっと苦笑交じりの息を吐いて思考を振り払い、今の自分が持つすべてのものを収めた小さなバッグを肩にかけて歩き続ける。

歩く先に、望みが待っているとは思えないけれど。


歩望がこれから世話になる工場とその寮があるのは、最寄りの駅からタクシーで二十分ほどのところだと聞かされていた。

「十時過ぎ……？　ビックリだ」

門限のない生まれて初めての遠出に、自覚することなく浮かれていたのかもしれない。気になるものを目に留めては立ち止まり、ジッと観察して……と道草を繰り返したせいで、駅を出る頃にはすっかり深夜と呼ぶべき時間となっていた。

「タクシーって、乗り慣れないから苦手だし……お金がもったいないな。地図は貰《もら》ってるし、歩くかぁ」

のんびり歩いて向かえば、先方へ辿《たど》り着くのは真夜中になるだろう。

歩望が今日行くことは施設長から伝わっているはずなので、非常識な時間に訪れることを叱《しっ》責《せき》されるに違いない。

それとも、到着は明日になるかと、もう待たれていないかもしれない。

いい加減な人間だと、到着早々お説教と鉄拳が振り下ろされるかな……と、嘆息する。

「ま、いいや。鍵がかかっていて寮に入れなかったら、適当に野宿しよう。もう三月も末だし、凍死することはないだろ」

野宿の経験が、ないわけではない。施設で年上の少年とケンカをして追い出され、一晩中園庭で朝を待ったことは何度もある。

一月に薄着で一夜を過ごしたことを思えば、ジャケットを着ている上に春先の今は、野宿するにしても快適な環境だ。

手に持った地図に時おり目を落としながら、大きな幹線道路沿いの歩道を歩く。

片側三車線の道路には、ひっきりなしに車が走っている。正面から照らされるライトの光が眩《まぶ》しくて、目の上に手を翳《かざ》した。

「この時間でも、いっぱい車が通るのか。都会だなぁ」

歩望が今朝までいた土地は、過疎化の進む地方都市だった。夜の八時を過ぎれば人通りが激減して、シャッターが下ろされた商店ばかりになる。

ポツポツ存在する、コンビニエンスストアと自動販売機の光だけが夜の街を照らし……静かだった。

キョロキョロしながら歩き続け、幹線道路から少し道幅の狭い通りに曲がる。駅から遠ざかるにつれて車通りがグッと減り、すれ違う人もほとんどいなくなった。

うつむき加減で歩いていたけれど、ふと足元が緩やかな上り坂となっていることに気がついて、顔を上げた。

「橋……？　川があるんだっ」

これまで生活範囲にはなかった川が珍しくて、自然と歩みが速くなる。少しずつ勾配がきつくなる坂を上りきり、三十メートルほどある橋の真ん中で足を止めた。

歩望の腰くらいの高さ、ざらりとしたコンクリートの欄干に手をかけて、眼下を見下ろす。

「暗いから、よく見えないなぁ。水の音は聞こえるけど……」

橋の上に設置されている街灯の光は、橋の下までは届いていない。

覗き込む歩望にわかるのは、丈の長い草の生えた河川敷があるのと、川の幅が十メートルくらいだということのみだ。

「川遊びとか、できるのかな」

夏休み明けに同級生が、親戚一同が集まって河原でバーベキューをしたと話していたことがある。

親戚もバーベキューも歩望には縁のないものばかりで、どんなものなのか想像するしかできない。

そうして、橋から川を覗き続けてどれくらいの時間が経っただろうか。走ってきた車が歩望のすぐ後ろで停まり、怪訝《けげん》な思いで振り返る。

「こんな夜中に、一人でなーにしてんの……って、なんだぁ。男じゃんか。おい、チビだけど男だぜ？」

　車の助手席から降りてきたのは、肩に届く長さの金髪に両耳にはいくつもの大ぶりなピアス……パッと見ただけで、ガラがよくないと感じる若い男だった。

　口ぶりから察するに、百六十五センチほどと小柄な歩望を、女性と勘違いしたらしい。

　男が車に向かって声をかけると、後部座席のドアが開いて、もう一人恰幅《かっぷく》のいい若い男が姿を現す。

「チッ、紛らわしいな。女じゃないなら、金だ」

「あー、だなぁ。ボク、夜中に一人でウロウロしたらダメだろー？　悪い人に、怖い目に遭わされるかもよ？」

　男が近づいてくると、クラッシュデニムの腰のあたりにいくつもぶら下げたチェーンが、ジャラジャラと音を立てる。

　人を見た目で判断してはいけないと、施設の職員からは言われ続けてきた。自分たちも施設育ちということで判断されれば、嫌な思いをするだろう……と。

　けれど、この人たちは明らかに親切心で歩望に声をかけてきたのではないはずだ。女じゃないなら、金だという言葉の意味も察せられないわけがない。

嫌な空気を感じ取った歩望は、じわりと足を引いて走り出すタイミングを探った。

……こういう人間の放つオーラは、性別も年齢も関係なく何故《なぜ》か共通している。施設育ちだからと、陰湿ないじめのターゲットにされたことが幾度となくあるので、捕まればロクな目に遭わないと嫌というほどこの身で知っている。

目的は金銭らしいが、財布を差し出しただけで済むかどうかはわからないし、歩望が所持しているのは貴重な全財産だ。

こんな人たちに奪われるのは、悔しい。

背後は、橋の欄干だ。正面に、チェーンジャラジャラ男。右斜め前には、金髪のピアス男。逃げるとしたら、左に向かうしかない。

「ッ……」

バッグの肩紐を掴んで走り出そうとした歩望が一歩踏み出すのと、目の前の男が手を伸ばしてくるのとは、ほぼ同時だったと思う。

バッグの紐を掴まれ、力いっぱい引き倒された。

無防備に後ろ向きでアスファルトの路上へと倒れ込み、ガツッと、耳の奥で嫌な音が響く。

「っ、ぅぁ……！」

後頭部に衝撃が走ると同時に、目の前がスッと暗くなり、背中を打ちつけたせいか喉の奥で息が詰まった。

「財布とスマホだけでいいだろ」

「大事そうに持ってんだから、他にも金目のものがあるんじゃねーの？」

遠くから聞こえているみたいだった男の声が、少しずつ大きくなる。ガンガンと耳の奥で激しい心臓の音が響いていて、うるさい。

どうしてだろう。手も、足も……動かない。目の前が暗いのは、重い瞼を開くことができないせい……か？

「う……」

なんとか瞼を押し開いたけれど、視界が小刻みに振動しているみたいで周りがハッキリと見えなかった。

「なんだコレ、歯ブラシと……靴下？　パンツまで入ってんぞ。家出してきたガキか？」

「その割に、金を持ってねーなぁ。財布の中、二万と……三千円ぽっちか？　スマホはねーのかよ」

バッグを漁られているのはわかっても、身体が動かない。喉に詰まった不快な塊を吐こうとしたら、ケホッと咳《せき》が出て赤い飛沫《しぶき》が目の前に散った。

「おい、コイツ……やべーんじゃねぇ？」

そこでようやく歩望の異変に気づいたのか、男の一人が顔を覗き込んできた。ぼんやりと目を開いた歩望と視線が絡む前に、視界に入っていた男の顔が消える。

「ああ？　うわっ、なんだ……血？　頭打ってんじゃねーのか。くそ、メンドクセェなっ。行くぞ！」

「バッグはどうする？」

「俺らの指紋がついてんだろ。財布から金だけ抜いて、川に捨てておけっ」

歩望の周りでバタバタと足音が聞こえ、バンバンと車のドアが閉まり……大きくエンジンを噴かす排気音がして、走り去っていくのがわかる。

あとは、静寂に包まれた橋の上で、アスファルトに横たわる歩望のみとなった。

ドクンドクンと、存在を主張するかのようにいつもよりずっと大きな心臓の音が聞こえる。頭蓋骨の内部でも反響しているみたいだけれど、どこも痛くない。

ただ……寒いな、と。小さく肩を震わせる。

「め……わく、なる」

ああ、ここで死ねばこれから世話になるはずだった工場にも、施設にもきっと迷惑がかかるな、と。

それだけが、思考力の鈍くなった頭に浮かぶ。

……暗い。どんどん闇が濃くなる周囲を、無理に見ようとする必要もないかと、瞼を伏せようとした。

その瞬間、ジャリ……と砂を踏む音が頭のすぐ脇で聞こえる。

「……？」

つい今しがたまで、人の気配は感じなかった。

足音も、車やバイクの音も……なに一つ聞こえなかったと思うが、視覚だけでなく五感すべてが鈍くなっているのかもしれない。

「血の匂《にお》いに誘われて来てみれば……子供だな。意識は、まだあるか」

淡々とした、低い男の声だ。鈍感なはずの耳に、やけにハッキリと聞こえる。

アスファルトに横たわっていた身体を起こされるのがわかり、唯一動かすことのできる瞼を震わせた。

「出血が多い。今にも死にそうだな」

驚くでも慌《あわ》てるでもなく、ただ現状を確認するかのように口にする男がなんだかおかしくて、歩望は一瞬だけ唇を震わせた。

そうだな、と。声は出ないので、心の中で男に同意する。

間もなく死体になろうかという人間を前にして、やけに冷静だ。変な人……。

なんて言った？

「……か？」

感情のほとんど籠《こ》もっていない声で、生きたい……か？

尋ねられた言葉が正しかったかどうかは、わからない。その意味するところも深く考える余力はなくて、頭に浮かぶままを小さく返した。

「死にた……いわけじゃ、ない。でも……生きる、理由も……ない」

だから、どうでもいい……と。

きちんと言葉になったか、わからなかった。かすれた小さな声が、男の耳まで届いたかどうかも不明だ。

「ふ……ん。面白い。死にたくないと無様に命乞《いのちご》いする人間は珍しくないが……これほどどうでもよさそうにされると、逆に生かしてやりたくなるな」

なんとか目を開いている歩望を見下ろした男は、かすかに笑った？

歩望の上半身を左手で抱え起こしたまま、右手に付着した滴る血を目の前に翳して、躊躇《ためら》う様子もなくペロリと舐めた。

直後、奇妙な光景が歩望の目の前で繰り広げられる。

闇に溶け込むかのような、黒い髪と黒い瞳を有していた男が、チラチラと細かな光を放つ……そんな錯覚に、瞼を震わせた。

銀色の髪……歩望を覗き込む瞳は、翠色に変わっている？

「……んし」

まるで、施設に併設されている教会にあった天使の絵画から、抜け出してきたかのような美しい姿だった。

神も仏も、天使も悪魔も……なに一つ信じていなかった歩望が、思わず零《こぼ》してしまうほど清らかな容貌だ。

「天使？　残念ながら、対極のものだ」

男が、歩望の言葉にクク ッと低く笑ったのがわかったけれど、この際なんでもいい。

ただ、そう……だ。いいことがあまりなかった人生の、最期《さいご》に目にするものとしては、悪くない。

「キレー……」

ふっと息をついた歩望は、生を手放そうとした。それがわかったのか、男の手が軽く頰《ほほ》を叩《たた》いてくる。

「うん？　……気の早いヤツだ。そう急くな」

「ン……ン、ぅ……」

喉を反らすように仰向かされて、唇をやんわりとした感触に包まれた。

口移しになにかを注ぎ込まれ……舌に広がったのは、これまで歩望が体感したことのない強烈な甘さだった。

「ほら、飲み込め」

「ぅ、ん」

首筋をゆっくりと撫でる手に促されて、コクリと喉を鳴らす。

極上の甘露が、舌から口の中いっぱいに満ちて……喉の奥まで伝い落ちる。

「飲んだな。いい子だ」

「ぅ……っン、は……っぁ」

ドクン、と。

動きを止めようとしていた心臓が、これまで以上に大きく脈打つのを感じた。

ドクドク……弱々しかった脈動を一気に取り戻そうとするかのように、忙しなく鼓動を刻み始める。

無理やり追い立てられて全速力で走らされているようで、苦しい。苦しいのに、身体が動かない。

「ッ、ぅ……うっっ」

「苦しいか。一刻だけ我慢しろ」

髪を撫でられたような感触に続き、ふわりと身体が浮き上がる。

薄く開いた目に映るのは、銀の髪と翠の瞳で……浮世離れしたその容貌はあまりにも美しく、夢と現を曖昧に行き来しているみたいだった。

「ふ……軽いな。これでは食うに足りん」

そんな声が耳に入ったような気もするけれど、もう瞼を開いていることができなくて、吐息と共に目を閉じる。

「案ずるな。俺の血が全身を巡りきれば、心の臓が脈動を止めて……楽になる」

心の臓？　心臓……が、止まる？

それなら、やっぱり死ぬのか。

そう思ったのを最後に、ふわふわした不思議な心地に心身を包まれたまま、歩望の意識は闇に沈んでいった。

舌に、強烈な甘露の余韻を感じながら……。

《二》

なんだろう。すぐ近くで、誰かがしゃべっている声が聞こえる。

「窓を閉めたほうがいいかしら」

「んー……春の匂いが美味《うま》そうだから、いいんじゃね？」

「相変わらず食いしん坊ねぇ」

「うるせっ」

どちらも聞き覚えのない、女と……男の声。

少し離れたところからは、ピピピ……と鳥の囀《さえず》りが聞こえてくる。風が強いのか、ザワザワと木の枝葉が揺れているらしい音が耳に入った。

和やかな小鳥の声と、髪を撫でる風に誘われて薄く目を開いたけれど、目を刺す光が眩しくてすぐに瞼を伏せた。

「あら？　今、目を開いたような気がするわ」

「なんだ。やっと目が覚めたのか。メチャクチャよく寝てたよなぁ」

「……子供とは、そういうものだ。よく遊び、よく食べ、よく寝る」

枕元で、三人分の声が聞こえる。

意識を浮上させるきっかけとなった、若い女……自分と同じ年くらいの男の声に加えて、落ち着いた声で話す年嵩《としかさ》の男も近くにいるらしい。

ぼんやりとした頭でそれだけ考えて、再びとろりと眠りに落ちかけたところで、ギュッと鼻を摘まれる。

「おい、起きたならマスターに知らせてくるけど？」

「ぅ……、ぅ」

息苦しくなってきた歩望は、重く感じる腕を上げて鼻を摘まんでいる傍若無人《ぼうじゃくぶじん》な手を振り払おうとする。

言葉ではなくその動きで、『起きている』と察せられたらしい。摘まれていた鼻が、パッと解放された。

「起きた……というよりも、起こされた感じだな。マスターへは、私が声をかけてこよう」

「あらぁ、じゃあ……あたしは飲み物の用意をするかな。一週間も眠っていたんだから、喉がカラカラでしょ」

「……お、オレは」

男と女の声に続いて、若いほうの男が迷うような声を上げる。

なにをしよう……と逡巡《しゅんじゅん》しているらしい間があり、年嵩の男の声が指示を出した。

「ここで、その坊やの相手をしているんだ。目が覚めてすぐだと、自分の置かれた状況が理解できないだろう。どんな行動に出るか、予測不能だ。マスターが来るまで、目を離さないように」

「えー……コイツの見張りかよ。ガキはすぐ泣くから面倒なんだけど」

若い男は、与えられた役目が不満らしく苦い口調でそうぼやく。

落ち着いた年嵩の男の声が、宥《なだ》めるように言い聞かせた。

「パニックを起こして、マスターに危害を加えようとするかもしれん。おまえは、マスターをガードするのが仕事なんだろう？」

「……わかったよ」

「ふふふ、ケルはウルラには逆らえないものね」

「うるっせ。さっさと行けよ、フレイ」

ガヤガヤと話していた声が遠くなり、シン……と静かになる。歩望の耳に入るのは、小鳥の囀りと風に吹かれて揺れる葉擦れの音のみだ。

少しずつ意識がハッキリしてくると、歩望の頭には疑問ばかりが浮かぶ。

なにがどうなっている？　ここはどこだろう？　彼らは……？

どうやら自分は眠っていたらしいけれど、どういう経緯があってここで眠ることになったのか、まったく憶えがない。

　確か、中学を卒業して施設を出たのだ。施設長の知人が経営するというこれから世話になる工場と、その寮に向かっていて……どうなったのか、思い出せない？

　目を閉じたまま、唇を引き結んで細い記憶の糸を手繰《たぐ》り寄せていると、頭のすぐ傍で若い男の声が聞こえてきた。

「おい。目ぇ覚めてんだろ？　寝たふりするなよ」

「……っ？」

　頭をつつかれる感触に、恐る恐る瞼を開く。

　やはり眩しくて、きちんと周りを見ることができるようになるまでには、少し時間がかかった。

　さりげなく視線を巡らせても、見覚えがない部屋だ。どうやら歩望は、窓際に置かれたベッドに寝かされているようだった。

　これほど大きなベッドも軽くてふかふかの布団も、歩望には縁のなかったものばかりで、戸惑いが増す。

「ぼーっとしやがって。マスターが来るんだから、きちんと起きて出迎えろ」

「……スター……？」

　先ほどから何度か耳にした、『マスター』という言葉に瞼を震わせる。

どうやら、人の名前らしいけれど……それも、歩望にはまったく憶えのないものだ。

どういうことだろう……と首を捻《ひね》るばかりの歩望の目に、こちらを覗き込んでいる青年が映った。若いほうの男の、声の主か。

少し長い黒髪が、額に落ちている。意志の強そうな瞳は、歩望を観察するかのようにジッとこちらを見据えていた。

たぶん、二十歳を……そういくつも出ていない。

まだ肌寒そうな半袖《はんそで》のTシャツに包まれた身体は、細身ながら引き締まっていて見るからに俊敏そうだ。なにか、スポーツでもしているのかもしれない。

「……誰？」

「自分が先に名乗りやがれ、無礼者め。くれぐれも、マスターに失礼がないようにしろよ。ったく、マスターは、どうしてこんなバカそうなガキを拾ったんだか。食うにしても、ガリガリのチビで美味そうじゃねーし」

ぶつぶつ文句を零す青年に、わけもわからず突っかかられた歩望はムッと眉《まゆ》を顰《ひそ》めた。

初対面の人間に、バカと言われる筋合いはない。しかも、食うとはなんだ？

反論しようとベッドに上半身を起こしかけたけれど、重石を括《くく》りつけられているかのように全身が重くて、思うように動けなかった。

「な……んだ、これ」

尋常ではない身体の倦怠感《けんたいかん》に呆然《ぼうぜん》とつぶやいた直後、ノックもなく部屋のドアが開いた。ビクッと顔を向けた歩望の動きに気づいているはずだが、室内に足を踏み入れた人物は一言も発しない。

黒いシャツ、黒い細身のボトムス、髪も黒で……真っ黒な影のような長身の男が、ゆったりとした足取りでベッドに近づいてくる。

「マスター」

「目を覚ましたそうだな」

青年が、男に向かって姿勢を正した。

つい今しがたまで歩望に見せていた、ガラの悪そうな空気は見事に消し去り、まるで別人のような行儀のよさだ。

黒い男は、その青年を手の動きだけでベッドサイドから下がらせると、歩望を見下ろす。

「おまえ、自分の名は憶えているか?」

「……沖原……歩望」

ポツポツと答えたけれど、ベッドにいる歩望を見下ろしてくる男から、目を逸《そ》らすことができなかった。

すごい。こんな美形、初めて見た。

ほんの少し癖のある漆黒の髪は、目元を覆うような長さだけれど、前髪くらいでは美貌が隠れきっていない。

テレビで見る芸能人とか、モデルという雰囲気ではなく……一昔前の、外国映画の俳優みたいだ。

どこか軽い言い回しの『イケメン』と表現することはできず、重厚な美形とでもいうべきか……歩望では、どんな言葉で表せば適切なのかわからない。

端整で硬質な雰囲気を持つのに、不思議な色香のようなものが匂い立つ。硬と軟、陰と陽、光と闇、様々なカテゴリーの二面性が同居した艶やかな魅力を纏っている。

魅入られたかのように、目を……奪われる。

ぼんやり男を見上げていると、無表情で話しかけてきた。

「おまえは一週間、眠っていた。もしや目覚めないかと思いかけたところだったが、これが子供の生命力か」

「子供、じゃない。十六になった」

「……はっ」

十六だから子供ではないという主張は、鼻で笑われてしまった。

ベッドに横たわったまま男を睨《にら》み上げていると、長い手が伸びてきて……指先で首筋に触れられる。

「っ、冷た……ッ！」

肌に触れた指の予想外な冷たさに、ビクッと肩を竦《すく》ませた。

なんだ、この手。窓越しに降り注ぐ陽光はあたたかいのに、真冬の屋外についさっきまで立っていたかのような冷たさだ。

まるで、体温がないみたいに……。

「脈がない。成功だな」

「そりゃ、生きてんだから脈は……ないわけない、よな？」

あれ？　脈というものは、生きていれば必ずあるものではなかったか？　だって、心臓が動いていれば脈拍もあるはずで……。

頭の中が、『？』マークでいっぱいになる。

困惑に、歩望が白い天井を見上げたまま視線を泳がせていると、男は淡々とした口調で語った。

「おまえは生きていない。よって、脈が触れないのは当然だ」

「い、生きてないっ？」

とんでもない言葉の衝撃に、身体の怠《だる》さが吹き飛んだ。目を見開いた歩望は、ガバッとベッドに上半身を起こす。

急激な動きのせいで眩暈《めまい》に襲われたけれど、片手で頭を支えて目をしばたたかせた。

「真顔で、冗談……」

「冗談？　そう思うか？」

氷のような冷たい手に右手を握られて、ピクッと指を震わせる。

硬直する歩望の手を握った男に、自ら首筋に触れるよう誘導され……人差し指と中指の腹を、耳の下あたりに押し当てた。

……なにも感じない。

保健体育の授業で習ったとおりの場所、頸動脈《けいどうみゃく》のところに指を押しつけているはずなのに……脈拍がない？

「どうだ？」

「き、きちんと脈の位置を見つけられていないから……」

「そうか。では、こうすればいい」

今度は、手のひら全体で首を掴むように押しつけられた。歩望の手の上から、グッと力を込めて首を絞められても……なにも感じない。苦しさもない。

さすがにこれは、異常だ。

「なん……で？」

呆然とつぶやいた歩望の手を離した男は、あからさまに面倒そうな口調で短く答えた。

「だから、生きていないと言っただろう」

「だから、って……そんなので納得できるかよ！」

反射的に言い返すと、視界の端で青年が動くのがわかった。「おい」と唸《うな》るように低く零し、ベッドに近づいてこようとするのを、男は言葉を発することも目を向けることもなく片手で制する。

「おまえは、路上で死にかけていた。それを俺が拾った。あのままでは、間違いなく死んでいたからな。俺の血を与えたことで、生物的には死体と呼ばれる状態だが生きている人間と見た目は変わらない……生きる屍《しかばね》と呼ばれるものに、変容した」

「血？　生きる屍……」

それらのキーワードから連想するものを、歩望は一つしか知らない。でも、まさか……そんなもの、映画や小説などの創作物の中のモノのはずだ。

絶句する歩望に、男は淡々と続ける。

「おまえの血は、なかなか美味かった。どうでもいい命なら、俺の傍に置いてやるから非常食になれ。あとは……まぁ、暇潰《ひまつぶ》しくらいにはなるか」

「非常食……血、ってことは……吸血鬼、ヴァンパイアってやつ？」

黒い男を見上げた歩望は、半信半疑で口を開く。

漆黒の瞳と視線が絡み、この目をどこかで見た気がする……？　と、胸の片隅でなにかがチリッと疼《うず》いた。

「人間が勝手につけた名など知らん。……俺が鬼に見えるか？」

背中を屈《かが》めた男が、ベッドの上の歩望に顔を寄せてきた。闇色の瞳でジッと見詰められて、コクンと喉を鳴らす。

至近距離で目にする美貌は、あまりにも綺麗で……神々しさと禍々《まがまが》しさが複雑に交錯しているようにも感じる。

人ではないと言われれば、だからかと納得してしまいそうな美しさだ。

「俺がヴァンパイアなら、おまえはハーフヴァンパイアだな。俺の血を取り込んだ」

「……は、あぁっ？」

目の前の男のことを「ヴァンパイアと言われれば、そう見えなくもないような気も？」と考えていた。人間離れした美貌には、それだけの説得力がある。なのに、突如ソレの主語が自分に変わってしまい、素《す》っ頓狂《とんきょう》な声を上げた。

目を見開いた歩望は、唇まで半開きになっていたのかもしれない。無造作に男の指を口腔内へと突っ込まれて、息を詰める。

指の腹が撫でたのは、前歯……いや、犬歯がある位置だ。

「これが証《あかし》だ。牙《きば》。……未熟な存在故《ゆえ》に、赤子のようなサイズだが」

「ひ、ひば？」

牙？　と聞き返したつもりなのに、男の指が邪魔できちんと発声できなかった。呆《あき》れたような顔で歩望を見下ろした男が、ゆっくりと口の中にあった指を引き抜く。

「自分で確かめてみろ」

「…………」

チラリと男を見上げた歩望は、恐る恐る右手を上げて人差し指と親指で犬歯のあたりを探る。

指で触れた感じだと、普通の歯だと思う。小さな二等辺三角形で、先端が細く尖《とが》っていて
……チクチクするのは、普通……か？

自分の歯を摘まんだ状態で思い悩む歩望に、男は相変わらずの無表情で口にした。

「おまえに与えた血は、少量だ。長くとも、十年ほどでただの人間に戻るはずだ。捨てても構わない程度の命なら、十年くらい俺につき合っても問題ないだろう」

「今はハーフヴァンパイアで、十年で……戻る？」

現実感が乏しい。

急にいろんな情報を与えられたせいで、驚けばいいのか嘆けばいいのか、怯《おび》えればいいのか
……感情が麻痺《まひ》したみたいになっていて、なにも考えられない。

「なかなか肝《きも》が据わっている。パニックにならないとはね」

感心したような年嵩の男の声が聞こえて、ハッと顔を向けた。

歩望と男のやり取りを、三人は気配を殺して傍観していたようだ。存在を忘れかけていた。

「……ぼーっとしてるだけじゃねぇ？　バカっぽいし」

「ケルってば、相変わらず意地が悪い。単純バカという意味では、犬のあんたも大差ないで

しょうに」

「なんだとっ、性悪猫！」

それまで無言だった三人が、口々に言葉を発する。眉を顰めた男は片手で髪を掻《か》き上げながらから身体を捻り、背後に立つ三人を睨みつけた。

「うるさい。おまえたちが、この未熟者にいろいろと説明してやれ。あと、こいつのみっともない外見をなんとかしろ。この状態で、屋敷内をうろつかれては堪《たま》らん。俺は少し休む。久し振りに陽の光を浴びたせいで、疲れた」

「あっ、はい、マスター……お部屋まで送りましょうか」

「不要だ」

青年の申し出を、ひらりと手を振って撥《は》ねつけた男は、それきり歩望を振り返ることなくドアを出ていく。

その背中を見送った歩望は、なんとも言いようのない違和感に首を傾《かし》げ……、

「おい、ガキ」

と、青年に呼びかけられた瞬間、違和感の正体に思い至った。

目が合った歩望に、「なにボケッとしてるんだ？」と尋ねてきたけれど、なにも答えられずに曖昧に首を横に振る。

気のせい、とは思えない。ドアへ向かう男性の足元に、影が……なかった。

窓から差し込む光を、背に浴びていたのに。

そういえば、ベッドにいる歩望の脇に立っている時も、布団に落ちた影は自分一人分だったような気がする。

「変なヤツだな。マスターに頼まれたから、仕方ない。なにが聞きたい？」

偉そうに腕を組んだ青年に、質問があれば受けつけると促されたけれど、喉がヒリヒリして声を出すのが苦痛だ。

「……喉、痛い」

小さく訴えると、

「ああ、そうだわ。お水を持ってきたんだった。飲みなさいよ」

耳の下で真っ直ぐに切り揃えられた、おかっぱ頭の女にグラスを差し出される。異性の年齢はよくわからないが、近くで見る限り二十代後半くらいだろうか。化粧っ気はなさそうなのに、ハッキリと整った顔立ちだ。

そろりと目を向けた年嵩の男は、四十……前後。話しぶりや雰囲気から、もっと年輩だと想像していたが、意外と若い。歩望に積極的に係わろうとする様子はなく、少し距離を置いてこちらを眺めている。

先ほどの、マスターと呼ばれていた男も含めて全員が黒ずくめの服装なのは、そういう決まりでもあるのだろうか。

差し出されたグラスをジッと見据えたまま、手を出すべきか否か躊躇っていると、強引に右手へ押しつけられた。

「毒なんか入ってないから、早く。まぁ、もしうっかり毒を飲んでも、あんたは死ぬことないから！」

女は、あはは、と笑ったけれど……歩望は笑えない。

でも、反射的に受け取ったグラスにたっぷりの水は、魅力的で……もうどうでもいいかと、思い切って口をつけた。

一息で水を飲み干すと、喉だけでなく渇《かわ》いていた全身に水分が浸透していくみたいだ。潤う感覚が、堪らなく心地いい。

「さてと。説明……聞く？」

ふふ……とイタズラっぽく笑いながら顔を覗き込まれた歩望は、少し躊躇ってコクリとうなずいた。

既に、いろいろと普通ではない事態が自分の身に起きていると感じる。これらの疑問が晴れるのなら、とりあえず話は聞くべきだ。

先ほどの男の『ヴァンパイア』発言も含めて、信じるかどうかは、この人たちから話を聞いた上でまた考えればいい。

「聞きたい。あの、マスターって人が言ってた……ヴァンパイアだとか、おれがハーフヴァンパイアだってこととか、本当に？　こんな話を聞かされて、なんであんたたちは驚いてないんだよ」

ギュッと掛け布団を握って、頭に浮かぶ疑問を次々と投げつける。

聞きたいことは、もっとあるような気がする。

ここに自分がいる経緯、路上で死にかけていたところをあの男に拾われたというのは本当なのか……とか。

ここはどこで、自分はこれからどうすればいいのか……とか。

「そうねぇ。あたしたちが驚かないのは、坊やと似たような存在だから、と答えておこうかしら。あと、あんたって呼び方はやめて。あたしはフレイヤ、口の悪い駄犬はケルベロス、余裕ぶったオジサンはウルラよ。坊やは、名無しなのかしら？」

フレイヤに、ケルベロスに……ウルラ？

カタカナの名前を並べ立てられて、一度で憶えきれるだろうかという不安が込み上げる。

外見は、日本人のようでもあり、外国人のようでもあり……ハッキリしない。

それは、この三人だけでなく『マスター』も同じだ。話す日本語に違和感は皆無だけれど、多国籍というより無国籍な雰囲気を纏っている。

「坊やじゃない。……おれは、歩望」

名乗られたからには、名乗り返さないわけにはいかない。

ポツリと零した声には、戸惑いがたっぷりと滲んでいたと思う。顔にも困惑は表れていたはずで、それなのにフレイヤという名前らしい女は「あらぁ?」と目を輝かせた。

「やだわ。坊や呼ばわりに拗《す》ねてそっぽを向くかと思えば、意外と素直。それによく見ると、可愛い顔してるじゃない?　面食いのマスターが連れ帰ろうと思うだけはあるわね。トリミングのし甲斐がありそう」

「オモチャにするなよ、フレイ。それに、誰が駄犬だ」

不機嫌そうな顔でボソッとつぶやいたのは、ケルベロスと言われた青年だ。そっと目を向けた男……ウルラは、無言で意図の読めない微笑を浮かべていた。

「あんた、舎弟を欲しがってたじゃない。この坊やならピッタリでしょ。可愛がってあげなさいよ」

「……マスターに害がないってことが、確信できたら考えてやる。それまでは群れの一員とは認めねー」

「ふふ、番犬としては優秀だな。では私は、その坊やに合いそうな服を見繕ってこよう。喧嘩するんじゃないよ」

楽しそうにそう口にしたウルラが部屋を出ていき、フレイヤとケルベロス……どうも相性のよくなさそうな二人と、取り残されてしまう。

「まずは、湯浴《ゆあ》みして……髪を切らなきゃね」

「風呂？　場所だけ教えてくれたら、自分で入れるからっ」

手を引いてベッドから出るように促された歩望は、ギョッとしてフレイヤの手を振り払った。

彼女にしてみれば、歩望などほんの子供にしか見えないのだと思うけど、他人の手で風呂に入れてもらわなければならないような幼児ではない。

「けっ、ガキが一丁前に色づきやがって」

「そういう問題じゃない！」

揶揄《やゆ》してきたケルベロスに反論した歩望は、この状況で取り乱さない自分は肝が据わっているというよりも本当に『どうでもいい』のだな……と自己分析をして、大きなベッドから足を下ろした。

ハーフヴァンパイアとか言われたけれど、太陽の光を浴びていてもなんともないなぁ？　と首を捻りながら、「こっちよ」と歩き出したフレイヤの後を追いかけた。

《三》

大きな屋敷は、これまで歩望が知らなかった異世界のような空間だった。

百年以上前、外国から建材を運んで建てられたという重厚な雰囲気の洋館には、二十以上の部屋がある。

そこに、現在は主人であるやたらと綺麗な男と従者の三人しか住んでいないらしいのだから、未使用の部屋のほうが多い。

庭は立派な英国式庭園となっており、薔薇園《ばらえん》まである。手入れは、専門の業者が月に一度やって来ているようだ。

それらの情報は、身繕いをされているあいだにおしゃべりなフレイヤから聞かされた。

ただ、歩望が質問する隙《すき》もないほど事細かに語ったくせに、『マスター』とは何者か……とか、ヴァンパイアとハーフヴァンパイアはなにがどう違うのかとか、歩望が一番聞きたい肝心なことはなにも教えてくれなかった。

歩望からの質問はすべて、

「あたしが勝手に話しちゃいけないわ。聞きたければ、マスターにお尋ねするのね。もしマスターが教えてくれなければ、歩望が知る必要はないということよ」

と、撥ね返されてしまう。

あの冷たそうな男が、歩望の質問にすんなり答えてくれるとは思えないのだが。

入浴後は、ウルラが衣裳部屋から探し出したという歩望にピッタリなサイズの服を身に着けてフレイヤに髪を弄《いじ》られた。

白いシャツにチェック柄の焦《こ》げ茶色ズボンは、生地も縫製もしっかりとしていて、大量生産されたファストファッションしか知らなかった歩望には逆に着心地がよくない。

しかも、ウエストが緩くてずれ落ちそうなズボンに困っていると、ベルトではなくサスペンダーを装着された。

これではまるで、外国映画に出てくる育ちのいい『お坊ちゃま』だ。鋏《はさみ》と櫛《くし》を手にしたフレイヤは「上出来ね!」と満足そうだったけれど、歩望は鏡を直視できなくて顔を背けてしまった。

慣れない服装に落ち着かない気分で座っていると、きちんと閉まりきっていなかったドアをケルベロスが開け放した。

「おい、マスターがお呼びだ」

「わかった」

ついて来いとは言われなかったが、視線で後に続くよう促されて、ケルベロスの背中を追って廊下に出た。

歩望の前を歩くケルベロスは、身体全体から『不機嫌オーラ』を放っているみたいだ。

「……まったく。マスターは、なにをお考えだ。こんな得体の知れないガキを、気まぐれに拾ってきたりして」

これ見よがしにブツブツ文句を零す声が聞こえてきて、ムッとした歩望は黙っていられなくなって言い返した。

「心配しなくても、おれはマスターとやらに危害を加える気はない」

「当たり前だっ。だいたい、おまえ如きがかすり傷一つでも負わせられるお方ではない」

歩きながら肩越しに歩望を睨みつけたケルベロスは、「オレが護っているからなっ」と鼻で笑う。

「じゃあ、なんでそんなにツンツンしてるんだ。なにを考えているかなんて、こっちが聞きたいくらいなんだけど」

「……人間は嫌いだ」

あんただって、人間だろう……と言い返そうとしたけれど、ケルベロスが廊下の突き当たりにある扉の前で足を止めたことで言葉を呑み込んだ。

飾り彫りが施されたダークブラウンの扉を、コンコンとリズムよくノックする。

「……はい。失礼します」

入室の許可が下りたのか？

歩望の耳には、室内からの応《いら》えは聞こえなかったけれど、ケルベロスは大きくうなずいて躊躇う様子もなく扉を開いた。

「歩望をお連れしました」

「ああ。……姿を見せろ」

ケルベロスの背中に隠れるようにして立っていた歩望は、命令調の男の声に眉を顰めながら足を踏み出す。

室内は、カーテンが閉められていて薄暗かった。

歩望が寝かされていたものより大きな天蓋《てんがい》付きのベッドと、ランプの置かれたサイドテーブル、その脇にある一人掛けのソファ。天井にある豪奢《ごうしゃ》な照明器具に明かりが灯されれば、キラキラ眩《まばゆ》い光を放つだろう。

寝室としての用途に特化しているらしく、目につく家具はそれくらいだ。

「ふ……ん、幾分かマシになったようだな」

レトロな一人掛けのソファに腰かけていた男が、立ち上がって歩望を目にした。

ゆったりとした大股《おおまた》でこちらに歩いてくる男から、目を逸らせない。

「フレイが、嬉々として身なりを整えていました」

「ああ……フレイも退屈していただろうからな。下がっていいぞ、ケル」

「ですが、オレはマスターのガードを」

歩望と『マスター』を二人きりにするのが不安だと、言外に主張するケルベロスを男が冷たい目で睥睨《へいげい》した。

「俺が、こんな子供にどうにかされるとでも？」

「いいえっ。失礼しました！」

慌てたように首を横に振ったケルベロスは、鋭い目つきで歩望を睨みつけて凄んでおいて、そそくさと退室した。

薄暗い寝室で男と二人きりにされてしまい、歩望はなにから言い出せばいいのか惑う。

聞きたいことや聞かなければならないことは、無数にあったはずだ。

でも、この男の妙な威圧感に気圧《けお》されているらしくて、言葉が喉の奥に詰まったみたいになっている。

「歩望、か」

低い声で名前を呼ばれて、ビクッと肩を震わせた。

名前を呼ばれただけだ。特別なことなどなにもないのに、小刻みに震えそうになる指を手の中に握り込んだ。

「聞こえているだろう。返事は」

「っ……はい」

小さく返すと、無表情のまま長い手を差し伸べてきた。

立ち止まっている男との距離は、三メートルほどだ。自分たちのあいだにある間を、歩望自身の足で埋めろと仕草で語っている。

迷いは、ほんの数秒だった。ここから動かなければなにも始まらないだろうと、そろそろ足を動かして男に歩み寄る。

「小汚かったが、そこそこ見られるようになったではないか。フレイに褒美をやろう」

「……汚くて悪かったな。あんたと比べたら、世の中の人間の九十九パーセントくらいはブサイクだろ」

ボソボソ反論した歩望に、男は唇の端をほんの少し吊り上げて笑みらしいものを覗かせる。

反抗的な態度を叱責されると予想していたのに、意外な反応だ。

「やはりおまえは、面白いな。俺は杏樹《あんじゅ》だ。ここでは……高円寺《こうえんじ》と名乗っている。屋敷の持ち主の名だ」

「アンジュ……」

天使、か。

あまりにもこの男に似合いすぎていて、名づけたであろう男の両親に感服する。これほどの美貌に育つと先読みしての命名ならば、見事としか言いようがない。

天使の名を持つ男は、歩望の思考を読んだかのように不快感を滲ませた。

「天使などと、薄ら寒いものを思い浮かべるなよ。言っただろう。俺は、闇に属する存在だ。この名は皮肉でしかない」

「闇に属……ヴァンパイアって、本当に？　でも、お陽様を浴びても灰にならなかったし……まぁ、影はなかったけど」

「十字架や太陽の光や大蒜《にんにく》など、人間がそうあればいいという願望を兼ねて勝手に創り出した弱点だ。好んで日光浴をする気はないが、陽を浴びたからといって即座に灰になるわけではない」

「はぁ……確かに、普通の人間にしか見えない。いや、顔もスタイルも普通じゃない綺麗さだけど」

一メートルも離れていない位置で目にしても、やはり綺麗な顔をしている。

自分より二十センチ以上も高い位置を見上げた歩望は、なにかを思い出しかけた気がしてまばたきを繰り返した。

もっと、近くでこの顔を目にした……？

しかも、もっときらびやかな風体だった。黒い髪、黒い瞳ではなく……あれは。

「銀色の髪と、翠色の目の……あれ？　おれ、なにを見た？」

真っ暗な夜空を背にした、美貌の誰かを至近距離で目にした記憶がある。確かに、この目で見たと思うのに……この世のものとは思えないほど綺麗な光景は、まるで夢の中の出来事のようにあやふやだ。

記憶の混乱に戸惑い、自分の手で髪を掻き乱す。

そうして頭に刺激を与えても、あちこちに散らばった記憶の断片を上手《うま》く繋ぎ合わせることができない。

「すべてを忘れたわけではないようだな。死にかけていたにしては、上出来だ」

「え……？」

顔を上げて杏樹と目を合わせた瞬間、左手首を強く掴まれた。身構える間もなくその手を引かれて、杏樹の胸元に密着する。

「おまえが目にしたものは……」

「ッ、ん！」

大きな手で後頭部を鷲掴《わしづか》みにするようにして、仰向けさせられる。目を見開いた歩望の視界に、端整な顔が映り……どんどん近づいてきた。

このまま近づけば、くっつく……と身を捩《よじ》ろうとしたけれど、杏樹の唇が歩望のものに触れるほうが早かった。

「冷た……っ」

軽く触れた瞬間、ヒヤリと氷が触れたような冷たさに肩を竦ませる。

反射的に逃げかかった歩望を逃してくれなくて、薄い皮膚《ひふ》に歯を立てられる。ピッと唇の皮が破れる感覚に続いて、ヒリヒリとした痛みが走った。

「い……ッ、た。なにす……っ」

肩に手を突っぱねて杏樹の身体を離し、いきなりなにをする！　と怒ろうとした歩望だったが、中途半端に言葉を途切れさせてしまった。

だって……目の前にいる杏樹の様子が、変だ。

精緻《せいち》な人形のような無表情だった顔にふっと笑みを滲ませると、歩望に見せつけるように唇を開いて、歯……いや、尖った牙を覗かせる。

杏樹がもう一度顔を寄せてきて、歩望の唇をペロリと舐めた。そして、「甘いな」と小さく肩を揺らす。

「え……甘、い？　なにが……？」

唇の端に、濡れた感触がある。

なにも考えずに舌を出して舐め取った歩望は、血腥《ちなまぐさ》い……という予想に反した甘みを舌先に感じて、目をしばたたかせた。

言葉もなく唖然《あぜん》と杏樹を見上げていると、ザワリと空気がざわめいたような錯覚に襲われる。

「アン……ジュ？」

闇色の髪、漆黒の瞳……夜の化身のようだった杏樹が、きらびやかなオーラを全身に纏う。

瞬く間に、髪は銀の糸、瞳は翠の宝石に変容していた。

不思議な光景から目を離すことができずにいると、ひんやりとしたアスファルトに横たわる自分が思い浮かんだ。

寒くて……徐々に身体の感覚がなくなり、死を覚悟した。そんな歩望をあの世へ誘いに来た天使が、こんな風貌だったような気がする。

「天使……」

「違うって言ってんだろうが」

ポツリとつぶやいた一言を、天使にしてはガラの悪い口調と目つきで否定される。

杏樹は動揺を誤魔化すようにコホンと小さな咳をすると、歩望の背中を抱き寄せたまま、ふふ……と意味深な笑みを零した。

「これが、俺の素の姿だ。ただ、この国では目立つからな。普段は擬態している」

「はぁ……なるほど。確かにメチャクチャ目立つ」

テレビでも街の中でも、外国人の姿を目にすること自体は珍しいわけではない。ただし、ここまできらびやかな長身の美形は……間違いなく人目を惹くはずだ。

黒髪と黒い瞳に擬態していても、人を誘引する魅力が隠れきっていない。

「……ヴァンパイアだから？」

魅惑的な容姿で人間の警戒心を緩ませて、糧となる血を吸うための生存本能ともいえるものなのでは。

科学の教師が語っていた、甘い蜜や魅力的な香りで虫を誘い、パクリと丸呑みする……食虫花みたいだ。

「さぁな。俺がヴァンパイアだと、信じるのか?」

「それは、まだ……半信半疑。でも、普通の人間とは違うってことは、わかる」

普通の人間は、髪や瞳の色を変えられるわけがない。

巧《たく》みなマジシャンだとしても、ここまで密着している歩望に見破られることなく変化するのは無理なはずだ。

「まぁ、おまえが信じようが信じまいが、どちらでもいい。人に戻るまでのあいだ、せいぜい俺の退屈を紛らわせるオモチャになれ。時を経て人に戻れば、その後はおまえの好きにすればいい」

気まぐれで拾った、というケルベロスの言葉を思い出す。

歩望だから、拾って自宅に連れ帰ったわけではない。ただ、退屈凌《しの》ぎができればよかったのだ。

あとは……。

「退屈を紛らわせるだけじゃなくて……非常食も、だろ」

杏樹を睨みながら口にした歩望を、チラリと見下ろした杏樹は「ふ……」と鼻で笑う。

「わかってるじゃないか」

目を細め、唇をほんの少し歪《ゆが》ませた……意地の悪い笑みだ。

浮世離れして綺麗なのに、いや……綺麗だから、とてつもなく酷薄な微笑だった。

止まっているはずの心臓が、ズキズキと疼いているみたいだ。

「では、一口いただこうか」

「ア……」

歩望の首筋を指先で辿った杏樹が、スッと背を屈める。

指の冷たさに肩を竦ませる歩望などお構いなしに、指と同じくらい冷たい唇が耳の下あたりに押し当てられた。

細い針を突き刺されたような、鋭い痛み……は、一瞬だった。

杏樹がコクリと喉を鳴らすのがわかり、ジンジンと痺《しび》れるような熱が首筋から全身に広がっていく。

なに？　背筋が……背筋だけでなく、足元からゾクゾクと悪寒に似たなにかが這《は》い上がってくる。

気持ち悪いのではない。では、なにかと自問しても正体が掴めない。

「し、心臓止まってても……血、って……流れてんの？」

わけのわからない感覚からなんとか逃れたくて、ギュッと両手を握り締めて杏樹に疑問を投げかけた。

黙殺されるかと思っていたけれど、ゆっくりと牙を引き抜かれてホッとする。

「ああ……正確には、完全に止まっているわけではない。おまえは、未熟な存在だと言っただろう。ただ、普通の人間より遥かにゆったりと鼓動を打っているだけだ」

一旦顔を離した杏樹は、肌に刻まれた牙の痕《あと》を埋めようとするかのように、歩望の首筋に舌を這わせて答える。

ゾクッと肩を震わせた歩望は、眉を顰めて身体を硬くした。

「ッ、騙《だま》したなっ」

心臓が止まっていると言ったくせに、と。杏樹の肩を掴んで責める。

睨む歩望に、杏樹はシレッとした顔で答えた。

「人聞きが悪い。詳細を正確に語らなかっただけだ」

「……騙したのと同じだろ」

あまりにも悪びれない様子に、憤りが殺《そ》がれてしまった。大きく息をついた歩望は、改めて自分の首筋に指を触れさせる。

指に脈が触れなかったのは、完全に止まっているのではなく鼓動を打つ間隔がものすごくゆっくりだったせい……か。

「脈、ない……よなぁ。心臓も、動いてない感じだし」

やはり……脈は感じない。胸元に手のひらを押し当てても、鼓動は伝わってこなかった。ものすごくゆっくりとした脈動というものが、正確にどれくらいなのかはわからないが、死んでいるのとほとんど変わらないと思う。

自分が、ハーフヴァンパイアというものになっているという自覚は、まったくといっていいくらいない。

杏樹のように身体が冷たいわけではないし、金髪や青い瞳に変わるわけでもなさそうだ。

ただ、こんなふうに肌に牙を突き立てられて血を啜《すす》られ……それを嫌悪するでもなく、苦痛に押し潰されそうになるわけでもなく、奇妙な熱が波紋のように広がるのは純粋な人間ではなくなったせいかもしれない。

そうして、『ハーフヴァンパイア』を正体不明の疼きの言い訳にする。

「フレイが張りきって食事を準備するだろう。しっかり食って、血を増やせ。半ば死んでいる状態だから成長は鈍いだろうが、今のサイズでは存分に食うことができん」

「どうせ、チビだよ！」

フレイヤにも、ケルベロスにも……直接的な言葉ではなかったが、ウルラにも子供扱いされたのだ。この家で一番の子供だということは否定できない事実だが、コンプレックスを無遠慮に突かれて憤慨する。

そうして怒る歩望を、杏樹はどこか面白そうに見ていた。真顔で歩望をからかうような言動も、退屈凌ぎの一環なのだろうか。

だとしたら、ものすごく迷惑だ。

でも、そうか。完全に死んでいるわけではないのなら、成長することもできるのか？

「でかくなってやる。食いきれないくらい育って、杏樹をデブにしてやるからな」

「……そいつは楽しみだ」

歩望の切り替えしは予想外なものだったのか、杏樹は一瞬目を瞠《みは》って……ククと肩を震わせた。

今度は皮肉や冷酷なものではなく、本当に楽しそうな笑みだ。

歩望と視線が合い……気を抜いたことを悔やむように、すぐに笑みを消して苦い表情になってしまった。

「疲れた。少し休む。疑問があれば、フレイかウルラに聞け。ケルは……まぁ、そのうち慣れるだろ。単純な犬だからな」

歩望に手を振って出ていけと示した杏樹は、すぐさま背を向けてベッドに向かう。まだ室内にいる歩望を無視して、ベッドに入った。

疑問があれば聞けと名前を出されたフレイヤは、『マスター』に尋ねろと言っていたのだが……と、話を続けられる雰囲気ではない。

歩望も、『マスター』と呼ぶべきか？　でも、そう呼べと言われたわけではないし、なんとなく口にしづらい呼称だ。

「オヤスミ。……杏樹」

どう呼べばいいのか迷った結果、教えられた名前を口にした。気に入らなければ、文句が飛んでくるだろうと思ったのだが、杏樹からは一言もない。

たぶん、ケルベロスには怒られるんだろうな……と視線を泳がせながら、廊下に出た。

「っ、うわ！　ビックリしたっ」

ドアの脇に、思い浮かべていた当人がしゃがみ込んでいてビクッと立ち止まる。

歩望をジロリと睨み上げたケルベロスは、立ち上がりながら話しかけてきた。

「マスターに失礼なことをしなかっただろうな。ガキはなにをしでかすか、わかったものじゃないからな」

「……ルールがあるなら、そっちが教えろよ」

「なんだとっ。クソ生意気な！」

「おれは、真っ当なことを言ってると思うけど！」

「可愛くねーなっ」

「可愛いなんて思ってもらわなくて結構」

廊下の真ん中で立ち止まってギリギリと睨み合っていると、フレイヤが角のところから顔を覗かせた。

「あんたたち、そんなところで騒いでたらマスターの眠りの妨害よ。きっと、お怒りだわ」

「あわわ、オレとしたことが。……おまえのせいだっ！」

鼻先に指を突きつけられた歩望は、眉を顰めて反論しかけて……言葉を呑み込んだ。

これでは埒が明かない。延々と言い合っていても、疲れるだけだ。

「……ケルの負け」

「な、なにぃ？」

フレイヤの一言にケルベロスはなにやら怒りの声を上げていたけれど、歩望は小さく息をついて歩き出す。

角のところにいるフレイヤの前で立ち止まり、ジッと見上げた。

「なぁに？」

「飯、食う。フレイに準備してもらえ……って言われた。……杏樹に、食い足りんなんて言われないように血を増やす」

「あら、いい心がけ。マスターとウルラは人の食べ物をほとんど口にしないし、ケルは食べられればなんでもいいなんて言って、基本的に味音痴の大食漢なのよね。久々に、ご飯の作り甲斐があるわぁ」

うふふ、と楽しそうに笑ったフレイヤは、「キッチンはこっちよ」と歩望の背中に手を当てて誘導する。

背後から、

「今、誰をなんて呼びやがった？　おい、ガキ！」

というケルベロスの怒声が聞こえてきたけれど、チラリと振り向いただけで足を止めることなくフレイヤと肩を並べて歩き続けた。

……どっちがガキだ。一人で騒いで、杏樹に怒られてしまえ。

《四》

眠れない。

半分とはいえ、吸血鬼になったせいだろうか。

陽の高い時間に抗《あらが》いがたい眠りに襲われることが多くなり、それに反して深夜になれば目が冴えてしまう。

「うー……ダメだ。散歩でもしよう」

眠れないのにベッドにいるのが苦痛になり、眠ろうという努力を放棄することにした。ベッドから足を下ろし、この部屋を使えと与えられた一室を出る。

廊下に足を踏み出したと同時に、歩望は違和感に気がついた。長い廊下に灯された照明は最低限のものだが、何故か視界がハッキリとしているのだ。

廊下の窓から夜空に見える、丸々とした満月だけが理由ではなく……。

「これも、飲まされたっていう杏樹の血が原因かな」

少し前までの歩望はこれほど夜目が利《き》いていたわけではないので、やはりハーフヴァンパイアとなったことが作用しているとしか思えない。

廊下も、階段も……屋敷内は静寂に包まれている。人の気配というものが、まるきりない。眠っていたという一週間を含めて、この屋敷に住むようになって半月ほどが経ったけれど、歩望には不思議なことばかりだ。

「フレイと、ケルと、ウルラは……なんだろう。おれと似たようなものだって言ってたから、やっぱりハーフヴァンパイアなのかなぁ」

少し変わった名前が、本名なのかニックネームなのかも定かではない。ただ、杏樹を『マスター』と呼び、やたらと敬《うやま》っていることだけは確実だ。

「月が隠れると、やっぱり暗いな」

時おり視界が暗くなるのは、雲が満月を覆い隠すせいのようだ。それでも、光の乏しい廊下を歩くのに支障はない。

歩望が杏樹に拾われたのは、新月の夜だった……らしい。路上で死にかけていたと聞かされたが、未だに記憶があやふやなのだ。

「橋から、川を見下ろして……柄のよくない男に絡まれたことは、憶えてるけど」

男二人に詰め寄られ、危機感に背中を押されて逃げ出そうとしたところから先が、あやふやだ。

途切れ途切れに憶えているのは、真っ暗な夜空を背にした杏樹に顔を覗き込まれたこと……

歩望の血を舐めた杏樹が銀髪に翠の瞳へと変化して、その姿がすごく綺麗だったこと……くらいか。

世話になるはずだった工場の責任者や施設長は、姿を現すことなく、連絡さえ取れなくなった歩望をどう思っているだろうか。

「働くのが嫌で失踪した、とか思われているのかもなぁ」

施設を出て、行方不明になった少年少女は少なくない。

歩望が施設にいた時も、年に何度か、かつて施設で育って巣立った人が所在不明になった……ということがあった。

警察は、事件性がなく自らの意思で姿をくらませた際はまともに取り合ってくれないし、施設の関係者も形だけ捜して終わりだった。

歩望も、無責任に逃げ出して自由を謳歌《おうか》していると思われているだけかもしれない。それならそれで、構わないが……。

「あ……れ？」

二階から一階へと階段を下りきったところで、ふと視界の端を黒い影が過り、そちらに足を向けた。

すぐに後を追ったのに、見失ってしまったらしく首を捻る。

「なんだったんだろ。サイズ的には、狸《たぬき》とか鼬《いたち》くらいだったけど。ここだと、さすがに犬か猫かなぁ？」

郊外にある施設周辺には、犬や猫といった一般的な動物だけでなくたまに鼬や狸が出没していた。

だから一番に思い浮かんだ小動物がそれらだったけれど、ここは都会なので出るとしたら犬か猫だろう。

「んー？　いないなぁ。でも、目の錯覚とかじゃないと思うんだけど」

素早い動きは、小さな動物のようだったが……これまで、屋敷内に動物の気配を感じたことはないし、犬や猫を飼っていると聞いたこともない。

どこからか、入り込んだのだろうか。でも、庭ならともかく屋敷の中にまで動物が侵入できるか？

「あ、ここに入ったかな」

黒い影のように見えた動物を捜して廊下を歩いていたけれど、完全に扉が閉まっていない部屋の前で動きを止めた。

屋敷内には数多くの部屋がある。歩望の行動範囲は、自室のある二階と同じフロアのバスルーム、一階だとダイニングキッチンと一度だけ訪れた杏樹の寝室くらいで……これまで、一度も立ち入ったことのない一室だ。

位置的に杏樹の寝室ではないことだけは確かなので、そろりと扉の隙間を広げて、室内を覗き込む。

「あ……」

電気は点《つ》いていない。でも、カーテンの引かれていない窓から皓々《こうこう》とした満月の光が差し込むせいか、室内はぼんやりと明るかった。

窓の傍には、真っ黒な影に見える……長身が佇《たたず》んでいた。

「ん？　ノックもせずに、無礼な奴だなっ！」

「ご、ごめん。なんか動物……猫っぽいやつを見かけて、ドアが開いてたからここに入ったのかと思って」

覗いている歩望の気配を感じたのか、振り向いて苦情を投げかけてきた男は、ケルベロスだった。

どうやら、ここはケルベロスの部屋らしい。壁際に置かれた書棚とレトロなクローゼット、大きなベッドが一つ……と、歩望が使わせてもらっている部屋とよく似ている。

自分が無礼だと怒られても仕方のないことをしているとわかっているので、歩望は慌てて頭を下げて謝る。

「猫なんか、いねーよ。寝惚《ねぼ》けているのか？」

「……勝手に覗いて、悪かったって。寝惚けてるんじゃなくて、なんだか、寝られなくて……ケルも？」

「ああ？　馴れ馴れし……」

ケルベロスの言葉が、プツッと途切れた。歩望の目の前で、突然姿を消した……のではなく、頭身が縮んだ？

「な、なにっ？」

驚いて、立ち尽くしていた戸口から室内に駆け込んだ歩望の目に映ったのは、黒い毛に覆われた大きな犬だった。

ふさふさの長い毛を全身に纏っていて、頭の位置は、歩望の腰あたりまである。

まさかと思うが、そこはまさにケルベロスが立っていた位置で……ケルベロスの姿はない。身を隠すことができそうなベッドは少し離れているし、歩望はずっと見ていたのだから移動すればわかったはずなのに。

「あの……ケルベロス？」

「…………」

おずおずと尋ねてみたけれど、犬からの返事はなかった。

ふいっと歩望に尻を向けてどこかへ行こうとした犬に、「待って！」と咄嗟に手を伸ばして引き留めた。

「イテェな！　なにしやがる！」

「うわっ、その、わざと尻尾を掴もうとしたわけじゃなくて……っ」

ガウッと牙を剥《む》き出した犬に怒られて、歩望は反射的に掴んでしまった黒い尻尾からパッと手を離す。

「その声……やっぱり、ケルだろ」

怒りをぶつけてきた声は、紛れもなくケルベロスのもので……目をしばたたかせた。名前を呼びかけた黒い犬から、返事はない。

シーン……と、奇妙な沈黙が広がる。

「あーあ。ケルってば、迂闊《うかつ》なんだから」

「……フレイ?」

今度はフレイヤの声が聞こえてきて、キョロキョロと室内に視線を巡らせた。

ケルベロスの姿しか見えなかったのに……と首を捻っている歩望の目前に、書棚かクローゼットあたりの高いところから、黒い影が降ってきた?

「うわっ。って、え……? 猫?」

よく見ると、黒い犬の脇に黒い猫が立っていた。フレイヤの声が聞こえたと思ったのだが、猫……?

不思議な心地で、歩望が目の前の大きな犬と小さな猫を見詰めていると、窓の外に黒い影が舞った。

大きな翼の、黒い鳥だ。

犬に猫に鳥……それも、すべて黒。犬の声はケルベロスで、猫がフレイヤの声だったのだから、窓の外にいる鳥は？　と温和な顔とやわらかな口調の紳士が思い浮かんだところで、目の前が明るくなった。

風で雲が流されたらしく、満月の眩い光が降り注ぐ。

「あ……あっっ！」

月の光を浴びた瞬間、黒い犬はケルベロスの姿に、猫はフレイヤの姿に、窓の外に舞い降りた鳥はウルラの姿に変化した。

どんな魔法なのか、獣から人の姿に変化したばかりなのに、見慣れた黒い服を隙なく身に着けている。

予想していたとはいえ、映画のような光景を目の当たりにした歩望は絶句した。

目の前の不思議な存在を、しばらく無言で見詰めていたけれど、コクンと喉を鳴らして口を開いた。

「犬、猫、鳥……」

唖然としてつぶやくと、ケルベロスがチッと舌を打つ。

なにかと思えば、

「早々に正体がバレたな」

そんな、これまでと変わらない調子の一言だ。身構えていた歩望の身体から、一気に緊張が解けた。

「……あんたが失敗したんでしょ」

「フレイが廊下で姿を見られたせいだよっ」

ソッチのせいだと互いに責任を押しつけ合う二人を、庭から窓を開けて入ってきたウルラが呆れ顔で窘《たしな》める。

「フレイ、ケル……歩望が目を丸くしているぞ」

「あら、そうだ。歩望がいたんだったわ」

「っ、おい。そうだ！　尻尾を掴んだことに対する謝罪が、まだだろっ？」

三人に注目された歩望は、ケルベロスの一言にハッとする。

そういえば、そうだった。右手に握り締めた太い尻尾と長い毛の感触を、容易に思い出すことができる。

「あ……ゴメンナサイ」

確かにあれは、わざとではなかったとはいえ申し訳なかった。

歩望が素直に謝罪を口にしてペコリと頭を下げると、ケルベロスは不機嫌そうな顔のままそっぽを向く。

人のことを「ガキ」と連呼するくせに、ケルベロスのほうがずっと大人げないと思う。

歩望がそんなふうに考えたのとほぼ同時に、フレイヤがケルベロスの後頭部をスパンと遠慮なく叩いた。

「いてぇなっ。なんだよ、フレイ」

「ケルがあまりにも大人げなかったから、つい手が出たわ。あーあ、石頭を殴っちゃったからあたしの手が痛ぁい」

「じゃあ、殴んなよ！　バカになったらどうする」

「今でも充分バカだから、心配しなくてもそれ以上バカにはならないでしょうよ」

「……二人とも、やめないか」

ギリギリ睨み合う二人のあいだに、見かねたらしいウルラが割って入る。

フレイヤとケルベロスを左右の手で制し、両腕の長さと同じだけ左右に引き離すと、見せつけるように腕を組んで二人を交互に見遣った。

「歩望が呆れているぞ」

ウルラの口から名前が出たことで、三人の視線が集まってくる。

歩望が、言葉もなくぼんやりとしていたのは、呆れているせいではなくて……。

「すごいっ。犬に、猫に、大きな鳥！　みんな、恰好いい。可愛いっ！」

感嘆を隠せない、興奮を表した声でそう口にした。きっと、今の歩望は瞳までキラキラと輝かせている。

動物に変身できるなんて、すごすぎる。大きな犬とスラリとした猫と見たことのない鳥は、どれも恰好よくて可愛かった。

「おいおい、なんだコレ。予想外の反応だ」

「獣姿を目撃して嬉しそうな顔をされるとは、思わなかったわぁ」

「うーん……肝が据わっているのか、なにも考えていないのか……」

ポカンとした顔の三人から注視された歩望は、「だって」と抑えきれない昂揚《こうよう》が滲む声で言い返す。

「正体が動物とは、思わなかった！　って、あれ？　どっちが本体？　動物が人に化けてんの？　人が、動物に変身できんの？　だったら、もしかしておれも蝙蝠《こうもり》とかになれるのかな。空、飛んでみたい！」

思いつくままに早口で語る歩望を見ていたケルベロスは、眉間《みけん》に深い縦皺《たてじわ》を刻んだ。

「お、落ち着け。なんでビビらないんだよ、変なガキ！」

「最初から、感情の起伏が乏しい落ち着いた子だと思ってたけど……動物にテンションを上げるのは、意外だわ」

フレイヤは、感心したようにそう言ってクスクス楽しそうに笑った。仏頂面のケルベロスとは、対照的だ。

「まあ、パニックになって取り乱されるよりはいいだろう。歩望、少し落ち着きなさい。説明してあげるから。ああ……残念ながら、君は蝙蝠に変身することはできないから、期待しないように」

　ポンポンとウルラに肩を叩かれた歩望は、最後の一言にガッカリする。昂揚が静まり、一気に落ち着きを取り戻した。

「……なーんだ」

　吸血鬼といえば、蝙蝠だと思っていたのだが……歩望は変身できないのか。それは、ハーフヴァンパイアであることが理由か？

　歩望があからさまに落胆したせいか、フレイヤがクスクスと笑い、ケルベロスは「けっ、ガキ」と小さく吐き捨てた。

「とりあえず、落ち着いて話せるところ……ソファのある応接室に移動しよう。ケル、マスターは食事に出ているのか？」

「ああ。満月だからな。夜明けまで戻ってこないはずだ」

「では、報告は後でいいだろう。おいで、歩望」

　ウルラに手招きされて、小さくうなずく。隣に肩を並べたフレイヤが、スルリと歩望の腕に自分の腕を絡ませてきた。

　ビクッと身体を震わせた歩望に、クスリと笑う。

「取って食いやしないわ」

「食われる心配は、してない。みんながそのつもりなら、半月も生かしてないだろ」

「ふふ……もう少し美味《おい》しく育つのを、待ってるだけかもしれなくてよ?」

「……それならそれで、いいよ」

強がりではなく本音を、淡々と言い返した。

フレイヤが物言いたげな目で歩望を見ているのはわかったけれど、気づかないふりで薄暗い廊下を歩く。

フレイヤと歩望の前を、ウルラと一緒に歩いていたケルベロスが、突然「あ!」と声を上げて駆け出した。

前方に、なにがあるのかと思えば……。

「マスター! お帰りなさいっ。夜明けまでお戻りにならないかと思ってましたが、お食事は済まされたんですか?」

「ああ……必要な量だけはな。美味い人間がいなくて、早々に切り上げてきた」

ケルベロスに答えたのは、杏樹の声だった。

暗い廊下は夜目が利くといっても視界良好とは言い難く、杏樹がいるところまでは結構な距離があったはずなのに、感知したケルベロスは……さすが『犬』だ。

杏樹の傍らで嬉しそうに声を弾ませているケルベロスの尻に、ぶんぶんと勢いよく振られる尻尾が見える気がするのは、錯覚だと思うが。

歩望がコッソリそう考えていると、ケルベロスを従えた杏樹がこちらに向かってきた。

「珍しく揃って、どうした？」

杏樹は……薄闇でもそれとわかる、銀色の髪だ。歩望のいるところからではハッキリ見えないけれど、きっと、瞳は翠色に変わっている。

食事をしてきたらしいので、どこかで誰かの血を吸ったのだろう。その証拠に、擬態だという黒い姿からきらびやかな本来の姿となっていて……。

「あ……れ？」

チリッと胸の奥を引っ掻かれたような不快感に、歩望は戸惑った。もやもや……正体不明の澱《よど》んだ塊が喉の奥に詰まっているみたいで、気持ち悪い。

これは、なんだろう。これまで感じたことのない気分の悪さだ。

「歩望？」

「あっ、あの……犬と猫と、鳥……」

杏樹に低く名前を呼ばれた歩望は、咄嗟にどう答えればいいのかわからなくて、子供のようにたどたどしく単語で返してしまう。

それでも杏樹は、的確に意味を汲《く》み取ってくれたらしい。

「……もう見られたのか」

感情の窺えない声でポツリとつぶやいた杏樹の一言に、フレイヤが答えた。

「ケルが尻尾を出しまして」

「その前に、フレイだろっ」

またしても睨み合うフレイヤとケルベロスに、ウルラがため息をつく。杏樹は……いつもと変わらない、無表情だ。

「歩望に説明しようと、応接室に移動するところだったんです。マスターのお帰りは夜明けだと予想していましたので、ご報告は明日に……と思っていましたが」

「俺も同席しよう」

ウルラの言葉を継いでそう口にすると、回れ右をして廊下を戻る。慌ててその後をついて行くケルベロスの背中を見ていると、フレイヤに腕を取られた。

「マスターは本当に歩望がお気に入りなのね。いつもなら、話すことさえ面倒がってあたしたちに任せるところだけど……」

「お気に入り？　かなぁ……？」

この屋敷に滞在するようになって、約半月。毎日接するのは、フレイヤとケルベロス、ウルラの三人だけだった。

庭にいる時に屋内からの視線を感じるくらいで、杏樹と直に顔を合わせることはほとんどないし、会話に至っては皆無といってもいいほど希薄な関係だ。

ここ数日は、もしかして存在を忘れられているのではないか？　という疑いさえ、抱き始めていた。

だから、杏樹に気に入られているなどと、微塵《みじん》も考えられない。

うーん？　と疑う歩望に、フレイヤは躊躇《ちゅうちょ》することなく言い切る。

「お気に入りに決まってるわよ。拾って連れ帰ったことからして、特別！」

どう言われても、歩望は納得しかねるけれど……。

のろのろ歩く歩望に苛立《いらだ》ったらしいフレイヤに、「早く！」と引きずられるようにして、薄暗い廊下を進んだ。

「歩望に、どう説明する気だった？」

歩望の隣にいる杏樹が尋ねると、テーブルの向こう側にあるソファに腰かけたウルラが答える。

「我々の正体を見られましたので……まぁ、簡単にマスターの眷属《けんぞく》となった経緯だけでも、と思っていました」

なんなんだ、この座り位置は……と、歩望は視界の端でコッソリ杏樹の横顔を窺った。

向かい合った大きなソファの一方に、杏樹と歩望。テーブルを挟んだもう一つに、ウルラとフレイヤとケルベロス。

隣とはいっても、杏樹とのあいだには一人分の隙間を空けているけれど、なんとなく落ち着かない。

「なんだ。それくらいの説明なら、簡単に終わるだろう。歩望と同じだ。犬と猫と梟《ふくろう》は、三百年ほど前か……死にかけていたところにたまたま通りかかって、拾った。死にかけた動物は、血を与えた者のしもべとなる。俺たちの言葉で言うなら、眷属だが……身の回りの世話をさせる、小間使いの必要性を感じていたからな」

無駄を一切省いた、実に簡潔な説明だ。でもきっと、それが事実で……歩望に語ることのできる、すべてなのだろう。

消えかけていた命を再び与えられた三人が、杏樹を『マスター』と呼ぶ理由もなんとなく察せられた。

「……基本は動物なんだ」

正面に並ぶ三人を順番に見遣った歩望がつぶやくと、またしても隣の杏樹から答えが返ってくる。

「ああ。ただ、動物姿ではなにかと不便だから、人の身体と名を与えた。普段は、自らの意思で人間の身体であるか獣姿か選べるが、新月の夜と満月の夜は……気を抜けば、強制的に本来の姿に戻る」

「それを、おれが見ちゃった……ってわけかぁ」

不思議な話だ。

でも、これまでも散々不思議なことが起きているので、動物が人間の姿に変わることくらい大して驚く現象ではない。

……と、すんなり納得する歩望は……きっと、感覚が麻痺している。

「他に聞きたいことは？」

「えっと……おれも、杏樹をマスターって呼んだほうがいい？」

瞬時に質問を思いつかなかった歩望が口にしたのは、最初から頭の片隅に滞っていた疑問だった。

ケルベロスが小声で「当然だろっ」と睨みつけてきて、歩望は「やっぱりそうだよなぁ……」と思いつつ、チラリと視線で杏樹に答えを求める。

歩望と目が合った杏樹は、呆れたような表情を浮かべた。

「ふん、これまで馴れ馴れしく名で呼んでいながら、今更だろう。おまえを小間使いにする気はないからな。好きにしろ」

「あ、甘い……ゲロ甘です、マスター」

杏樹の返事を聞いたケルベロスが肩を落とし、隣のフレイヤにポンポンと腕を叩かれている。

当の杏樹がいいと言うのだから、既に定着した感のある名前呼びを続けさせてもらおう。

「正体を隠す必要がなくなったんだ。なにか疑問があれば、直接彼らに聞けば答えるだろう。

回答の真偽は……自身で判断しろ」

「……高等な質問技術を求められた」

頬を引き攣《つ》らせた歩望は、照明の灯されていない天井付近に視線を泳がせる。

窓のカーテンは開け放しているから、暗闇にはなっていないとはいえ……誰も「部屋が暗い」と言い出さないあたり、やはり闇に属する存在なのだろう。

「ケル、フレイ、ウルラ」

三人の名を呼んだ杏樹に、室内の空気がスッと引き締まる。

なにかと不審に思った歩望の前で、ソファから立ち上がった三人がテーブルを回り込んで歩み寄ってくると、杏樹の傍で膝をついた。

まずは、ケルベロスが差し出された杏樹の右手を恭《うやうや》しい仕草で両手に包み……白く長い指先に唇を寄せる。

数秒後、今度はフレイヤが。最後にウルラが同じ仕草を行い、床の絨毯《じゅうたん》に跪《ひざまず》いたまま深々と杏樹に頭を下げた。

どんな意味のある行為なのか、傍観している歩望にはわからない。わからないが……不思議と、美しい光景だった。

支配者の風格を漂わせる杏樹に魅入られたようになり、目を離せない。

「下がっていい」

「はい。……歩望、マスターに失礼のないようにな」

ケルベロスらしく歩望に釘《くぎ》を刺しておいて、三人が連れ立って応接室を出ていった。

杏樹と二人で残されてしまった歩望は、ドアが閉まる音で我に返った。

「い、今の……なんだよ。忠誠を誓う儀式とか？」

物々しい儀式を思い浮かべながら杏樹に尋ねると、

「人の子は想像力が豊かだな」

と、呆れたように……愉快そうに、かすかな笑みを滲ませる。

美貌に浮かぶ珍しい微笑は美しくて、ぼうっと見惚《みと》れそうになった歩望は、勢いよく頭を振って意識を取り戻した。

「違うなら、なに？」

「……栄養補給だ。俺の血を、ほんの一滴。死体を生かしているからな。通常の食事では不足する養分を、毎日……少なくとも二、三日に一度は補っている」

「ああ……確かに、ケルは毎回おれと一緒に普通のご飯を食べてるけど……死体、かぁ。そう言われたら、変な感じ」

歩望もそうだが、あの三人も杏樹曰《いわ》く『生きている死体』という矛盾した存在らしい。しかも、基本形が犬に猫に、鳥……梟？

「うん？　でもそれなら、おれも毎日、杏樹の血を貰わないといけないのかな」

あの三人と、歩望がハーフヴァンパイアとなった経緯がほぼ同じなら、歩望も杏樹の血を取り込まなければエネルギー不足になるのではないか。

そう思い至り、隣に腰かけている杏樹を見上げる。

至近距離で視線を絡ませた翠色の瞳は、エメラルドのように美しく……人間が魅入られて身を捧げるのも、わからなくはない。

「おまえは、毎日でなくてもいい。出血が多かったことと、あいつらより身体の大きな人ということもあり……最初に、少し多く血を与えてあるからな。俺の血を取り入れすぎないように、数日に一度、少しずつ……だ。放っておいたら、十年そこそこで俺の血が消えて人に戻ると言っただろう。追加で大量に摂取していては、人に戻る日が遠くなる」

そうなれば、歩望は困るだろう……という論調だったけれど、曖昧に首を傾げた。

普通の人に戻りたいかと聞かれれば、「うん」と即答できない。もともと、生きることに対する執着心は薄かったのだ。

でも、日常生活に支障がないからといって、ずっとハーフヴァンパイアでいたいかと自問しても……うなずけるわけではない。

「なんか……わかんなくなった。杏樹に拾われなかったら、おれは間違いなくあそこで死んでたけど、もともと生きるも死ぬのも、どうでもいいって思ってたし……人に戻るのが幸せかどうかも、わかんない」

今の歩望は、自分がどうしたいのかよくわからない、というのが本音だ。

自分自身でさえよくわからないのだから、ぼんやり思い浮かんだ言葉を聞かされただけの杏樹は、もっとわけがわからなかったかもしれない。

それでも、歩望を嘲笑《ちょうしょう》することなく無表情で「そうか」とうなずいた。

「では……しばらくは、俺の糧《かて》となれ。今夜は一人分しか食していないから、足りん」

「あ……」

首筋を冷たい指で辿られて、ピクッと肩を揺らした。

それでも拒むことはできなくて、歩望の頭を抱えるようにして寄せられる杏樹の唇を受け止める。

歩望の身体に力が入っていることが伝わったのか、耳のすぐ傍で杏樹の声が「歩望」と呼ぶ。

「力を抜け。痛いと感じるのは一瞬だ」

「う、ン……」

鋭い牙が、突き立てる位置を探す動きで歩望の肌の上を移動する。

くすぐったくて……ざわざわと妙な感覚が背筋を這い上がり、震えそうになる指を手の中に握り込んだ。

ひんやりとした唇が、耳の下あたりに押しつけられる。身体だけでなく肌をかすめる息まで冷たくて、ふ……と歩望が吐息をついた瞬間を、杏樹は見逃さなかった。

軽く押し当てられていた鋭い牙が、ゆっくりと肌を破って食い込んでくる……。

「ッ、ぃ……た」

痛い、と感じたのはほんの数秒だった。

杏樹の唇が触れている場所が痺れたようになって、尖った冷たい牙を突き立てられる痛覚が霧散する。

「ぁ、ぁ……ッ」

身体から血を吸い上げられる感覚は、不思議なものだった。ほんの少し寒くなり、小さく肩を震わせる。

薄く瞼を開くと、歩望の目の前で銀色の髪が揺れていた。綺麗だな……と、ぼんやり目に映しているうちに、時間の感覚が曖昧になる。

無意識に握り締めていた手を開き、そっと腕を上げて杏樹の頭を抱え込んだ。

もう、痛くない。冷たさも感じない。ただ、首筋に埋められている牙の感触だけが、確かなものだ。

気が済むまで吸血できたのか、肌を軽く舐めた杏樹が顔を上げた。血の滲む唇の端をチラリと舌で拭い、満足そうな吐息をつく。

「やはり、おまえの血は美味だ。適当に見繕った今夜の糧が美味くなかったから、尚のこと甘露に感じる。それに……このぬくもりも、悪くない」

惚《ほう》けたようになっている歩望の頬を、冷たい両手が包み込む。

声もなく、間近にある綺麗な翠の瞳をぼんやり見詰め返していると、杏樹が微笑を浮かべ……ギュッと両腕の中に抱き寄せられた。

「あ……」

絡みつく杏樹の腕の強さを身体で感じた瞬間、ほとんど動かないはずの心臓がドクンと大きく脈打ったような錯覚に襲われて戸惑った。

背中を抱いている、杏樹の手……氷のような冷たさが、薄いパジャマの生地越しに伝わってくる。

初めはただ冷たいだけだったのに、抱き寄せられているうちに、不思議と歩望の体温が伝わっていくみたいだ。

冷えきった金属が温みを得るかのように、ほんのりと熱を帯びていく。

「おれは……眷属にしないんだ？」

時を経て人に戻そうとする杏樹は、歩望をあの三人のように、小間使いとして傍に置く気がないということだろう。

見るからに頼りないのかもしれないけれど、あの三人が動物だったと聞かされたからには、人間の歩望のほうが使い勝手がいいのでは？　と複雑な気分になる。

使いものにならないというレッテルが悔しいのか、子供じみた意地で彼ら三人に変に張り合おうとしているだけなのかは、自分でもわからないが……。

歩望のつぶやきに答える声はなく、長い沈黙が流れる。

もしかして、歩望を腕に抱いたまま眠っているのでは……と思いかけた頃になって、杏樹が返答らしきものを口にした。

「……人は嫌いだ」

低い声で、そんな……たった一言だ。

抱き込まれたままの歩望には杏樹の顔が見えなくて、どんな表情でそう言ったのか想像もつかない。

……杏樹のことなので、いつもの完璧なポーカーフェイスで、顔を見られていたとしても歩望には真意を読み取れなかったかもしれないけれど。

「でも、おれのことは……拾った」

放っておいても杏樹はなにも困らなかったはずなのに、拾って自宅に持ち帰ったではないかとポツリとつぶやく。

生きることの意味を見つけられなかった歩望は、杏樹によって強引に、この世に命を繋ぎ止められてしまった。

それが、有り難いのか余計なことを……と有り難迷惑に感じているのか、自分でもよくわからなくなってきた。

「気まぐれだ。それに、元が動物のあいつらとおまえでは、眷属にすることの意味が異なる。我らにとって、人を同属にすることは特別だ。人で言うところの、伴侶《はんりょ》を娶《めと》ることと意を等しくする。おまえを眷属にすれば、一族のあいだでは俺の伴侶と捉えられることになるぞ。いいのか？」

いつになく口数が多い杏樹の言葉を、歩望は耳に神経を集中させて聞いていたけれど、その意味を理解した途端「あ」と首を横に振った。

伴侶とか、娶る……とか。

なんだか古風な言い回しだが、歩望にもまったくわからなくはない。つまり、杏樹の結婚相手として、仲間に認識されるということか。

歩望が慌てて首を横に振ったせいか、杏樹がほんの少し肩を震わせたのが伝わってくる。もしかして、笑った？　と思ったけれど、顔が見えないので確信は持てない。

「安心しろ。おまえのことは、時が来れば解放してやる」

「時が……って、十年くらい？　おれが、普通の人間に戻るっていう……」

「おそらくだが、その程度だ。たった十年だ。一瞬だろう？　それまでは、美味い血を提供しろ。……ついでに、こうして枕になればいい。人の体温が心地いいと思うのは……初めて、だな。変な……子供、だ」

少しずつ杏樹の声がぼんやりとしたものになり、とうとう途切れる。歩望を抱き込んだまま、本格的な眠りに落ちてしまったらしい。

大柄な杏樹の身体を支えられなくなり、ズルズルとソファに崩れ落ちる。

「こんなところで寝て、……っていうか、こんな無防備におれの前で寝こけたりして、大丈夫なのか？　まぁ、どうせおれになにかができるとは、思ってないんだろうけど」

警戒心がないとか無防備だということではなく、歩望には杏樹を攻撃する能力がないと侮《あなど》られているに違いない。

そしてそれは、間違っていない。

太陽光に、大蒜に、十字架……映画や本で得た知識が使いものにならないのなら、なにがヴァンパイアの弱点なのか歩望には予想もつかない。

「人は、嫌い……か」

血を美味だと言い、体温が悪くないと縋《すが》りつくように歩望を抱いているのに、矛盾していないか？

それに、人が嫌いなのに人の血を求め、生命力として取り込んでいるのかと……皮肉のような言葉は、杏樹が聞いていないとわかっていても口にすることができなかった。

なんだろう。

こんなふうに密着した人が今までいなかったせいか、杏樹は普通の人間ではないのに不思議な気分になる。

「きれーな髪……やっぱり、魔物とは思えないよな。天使でも、なさそうだけど」

苦笑を浮かべて独り言をつぶやいた歩望は、作り物のように美しい銀色の髪にそっと指を絡ませる。

今は伏せられている翠色の瞳も、歩望が知っているどんなものより綺麗だ。

「十年は……長いなぁ」

杏樹は十年を『一瞬』と言っていたので、人間とは時間経過の感覚が異なるのかもしれない。

でも、人として十六年を生きた歩望にとって十年は、とてつもなく長く感じる。

それほど長く、この綺麗で不思議な存在と一緒に過ごす？

時の流れによって、自分がどう変わるか……変わらないか、今はまだ想像もできなかった。

《五》

「今日の晩ご飯、なにかなぁ」

「フレイが、いい豚肉が手に入ったって言ってたから……ポーク料理だろ。美味い肉、いいねぇ」

ぼんやりとつぶやいた歩望に、ケルベロスが答えた。

半分人間なので、歩望は杏樹からごく少量の血を分け与えられるだけでなく、普通の食事も摂取する。それに合わせて、ケルベロスやフレイヤも食卓を囲む。

ただしウルラは、鶏肉を口にする姿を見たくないと、本当か冗談かわからない理由で歩望の食事につき合うことはない。

杏樹に拾われる以前から食いしん坊だったというケルベロスはともかく、あまり食事をしないフレイヤは給仕をするためだけに同席しているようなものだ。

それでも、歩望が「美味しいね」と喜ぶ姿を、嬉しそうに眺めている。

同居するようになってすぐの頃、どうしてフレイヤは料理が上手なのかと尋ねたことがある。

すると、ただの猫だった時に飼い主だった女性が料理好きだったので、近くで見ているうちに憶えたのだと懐かしそうに語った。

いつの間にか、屋敷での生活にも杏樹の眷属である三人にもすっかりと慣れ、ここに来た時は十六歳だった歩望は十九歳になった。

ただ、残念ながら……予定していたほどの成長は、叶っていない。少しだけ上背が伸びたかな、という程度だ。

歩望は、ハーフヴァンパイアとなったせいで代謝が鈍くなり、成長速度まで落ちたのだと主張しているけれど、フレイヤもケルベロスもウルラも……当然のように杏樹まで、誰も同意してくれない。

「杏樹、今夜は食事に出るのかな」

「あー……新月か。たぶんな」

初めは、歩望が馴れ馴れしく「杏樹」と呼ぶことに目くじらを立てていたケルベロスは、今では完璧なスルースキルを身に付けた。

どれだけ言っても聞き入れない歩望に、根負けしただけかもしれないが、彼の言う『群れ』に受け入れてくれたのだとは思う。

物心つく前から十六年を過ごした施設より、わずか三年しかいないここに『家』を感じる自分が、少しだけ不思議だ。

施設では、常に時間に縛られていた。そうして自分たちを管理するようだった時計は、ここではほとんど役目を果たすことがなくて……ゆっくりと流れる時間が心地いい。

窓の外が茜色《あかねいろ》に染まった夕方、玄関チャイムの鳴る音が聞こえてきた。

屋敷の住人たちは、外出してもチャイムを鳴らすことなく帰ってくる。徒歩数十分圏内に民家のない、なだらかな丘の頂上にポツンと建つこの家を予告なく訪ねてくる人は、ほぼ皆無といってもいい。

「あれ？　訪問者の予定はなかったよな？」

「見てくる」

誰だ？　と歩望が警戒心を高めるより先に、同じ部屋にいたケルベロスが廊下に飛び出していった。

「さ、さすが番犬。速いな」

苦笑した歩望は、訪問者が普通の人だったら、一応自分が対応したほうがいいだろうな……と思い、ケルベロスから数十秒遅れて玄関へと向かう。

長い廊下を曲がり、玄関ホールへ出た途端、目の前に黒い影が現れた。急に立ち止まることも避けることもできなくて、まともにぶつかってしまう。

よろけた歩望を、立ち塞《ふさ》がっていた相手が両の二の腕を掴んで支えてくれる。

「なにっ、……ケル？」

驚いて顔を上げると、体当たりした相手を確認して名前を口にする。なにがあった？　と歩望が尋ねるより先に、ケルベロスが口を開いた。

「オレ、マスターに訪問者を知らせてくるなっ。あの方の対応は、歩望に任せた！」

「えっ、ちょっと……あの方、って」

「じゃあなっ」

詳しく聞き出そうとした歩望の言葉をシャットアウトして、猛スピードで廊下を走っていってしまう。

なんだ？　と訝《いぶか》しく思いながらひとまず玄関に出た歩望は、そこに佇む長身を目に留めてケルベロスが逃走した理由を悟った。

「あ……ルキフェル」

アイツとかヤツと呼ぶことができず、あの方という呼称から想像はついていたけれど……ケルベロスにとって、とてつもなく苦手な人……いや、正確には人ではなくて『杏樹の同族』が立っていた。

歩望の姿を目に留めると、爽《さわ》やかな笑顔を向けてくる。

「やあ、アユ。今日もキュートだね」

「キュート？　……そんなこと言うの、ルキフェルだけだ」

キラキラの金髪と、サファイアのようなブルーの瞳、杏樹とほぼ同等の体躯を持つ男は、ケルベロスだけでなく歩望も苦手としている。

対応を歩望一人に押しつけて逃げたケルベロスに、心の中で「バカ。恨《うら》んでやる」と怨言《えんげん》を零しつつ、表面上は笑って見せた。

このルキフェルは、杏樹とは対極といってもいい雰囲気を持っているけれど、どうやら従兄弟《いとこ》らしいのだ。

年に何度か、前回の訪問を忘れかけた頃にひょっこりと顔を出し、杏樹曰く『嫌がらせ』をして帰っていく。

定期的にこの屋敷を訪れる、数少ない存在だ。

ルキフェルも、杏樹と同じくヴァンパイアということになるが、初めて顔を合わせた時は信じられなかった。

爽やかに笑い、

「やぁ、見ない顔だね。アンジュってば、こんな幼妻をいつの間に娶ったのやら。ふふふ、幼妻か……エロいなぁ」

などと、とてつもなく軽い調子で言いながら歩望の肩を抱いてきたのだ。その直後、自分たちの間に割って入った杏樹に「ふざけたことを」と、恐ろしい目で睨みつけられていたが。

ヴァンパイアというものは、すべて杏樹のような幽陰《ゆういん》……いや、クールで硬質な空気を纏っているとばかり思っていたので、歩望は驚きのあまり絶句してしまった。

夜を好む種族のはずなのに、太陽の下で爽やかに笑っているほうが似合うなんて……まるで詐欺《さぎ》だ。

もし闇夜に街頭で遭遇しても、ルキフェルを目にしてヴァンパイアかもしれないなどと疑う人間は、一人もいないだろう。

たとえ、黒いマントを纏ってステレオタイプのヴァンパイアスタイルをしていても、ただのコスプレかなにかの撮影だろうと軽く受け流されるはずだ。

「半年ぶりだね。初めて逢ってからは、三年かー。いやぁ、アユはいつ見ても小っちゃくて可愛いな」

「……おれ、育ったけど」

「うん？　……これくらい？」

ルキフェルは、ムッとして睨み上げた歩望を、頭の天辺から足元までマジマジと眺めて……親指と人差し指で二センチほどの隙間を作って見せる。

「これっくらい、です！」

その隙間を約十センチに広げると、憎たらしいことに「いやいや、それはさすがに」と笑いながら、三センチくらいに縮めやがった。

それなら、最初から三センチの隙間を作っていればいいのに。望んだより成長が鈍い歩望にとって、一センチは重要なのだ。

「やだな、怖い目で睨んで。せっかくの可愛いお顔が、台無しだ」

「可愛くなくていい」

口では勝てないとわかっているが、反論せずにいられない。

玄関先で立ったままルキフェルと顔を突き合わせていると、あからさまに不機嫌そうな杏樹の声が聞こえてきた。

「なにをしに来た、ルキ」

早々に追い帰そうとする杏樹に、ルキフェルは「ええ？」と不満そうな声を上げる。

歩望の肩を抱き寄せて、言葉を続けた。

「アンジュがなかなか顔を見せないから、こちらから様子伺いにね。おまえの幼妻は、相変わらずキュートだねぇ」

「……もう顔を見たな。気が済んだなら、帰れ」

ルキフェルは、素っ気ないという表現を通り越して邪険な杏樹の言葉にも怯《ひる》むことなく、笑みを浮かべたまま杏樹に言い返した。

「ワインくらい飲ませてよ。アユとも、ゆっくり話したいし」

ね？　と同意を求められても、歩望にはうなずくことができない。そろりと、杏樹の顔色を窺うのみだ。

「歩望、賞味期限切れの茶があっただろう。あれで充分だ」

「……二年も賞味期限が過ぎてたから、さすがに捨てたよ。ええと、コーヒーか紅茶ならあるけど……」

しかめ面で賞味期限切れの茶を出せと口にする杏樹に、歩望は苦笑を浮かべて答える。

歓迎されていないことはルキフェル自身もわかっていると思うが、それはいくらなんでもあんまりだろう。

この人たちは食中《しょくあた》りなどとは無縁だろうけど、さすがに盛大な賞味期限切れを知っていて飲ませることはできない。

「では、インスタントコーヒーでいい」

歩望はルキフェルに尋ねたのに、杏樹がドリンクメニューを決めてしまった。

チラリと目を向けたルキフェルは、苦笑を滲ませていたけれど異論はなさそうなので、簡単なインスタントコーヒーに決定させてもらおう。

「ルキ、歩望から手を離せ。馴れ馴れしい」

「おっと、失礼。アンジュのものでした。愛妻に触れて悪かったね」

大袈裟な仕草で両手を肩口まで上げたルキフェルを、杏樹は唇を引き結んで冷たい目で睨みつける。

愛妻とか幼妻だとか、ルキフェルは顔を合わせるたびに杏樹と歩望をからかうけれど、最近は反論が面倒になったらしく杏樹は黙殺することが多い。だが当然、認めているわけではないと思う。

その言葉を聞かされるたびに、歩望は「ルキフェルたち同族のあいだではそういう認識なのか？」と、なんとなく奇妙な気分になるのに……素知らぬ顔だ。ただの非常食だと、吐き捨てるでもない。

今も、ルキフェルになにも言うことはないとばかりに背を向けて廊下を歩き出したが、その先にあるのは応接室だ。

かなりわかりづらい態度だが、ルキフェルを歓迎するわけではないけれど、本気で追い返そうというつもりでもないらしい。

「……ケル、ルキフェルを案内して。おれは、コーヒーの準備をしてくるから」

ルキフェルの案内をケルベロスに任せた歩望は、なにかお茶菓子があるかな？　フレイヤに聞いてみるか……と首を捻りながらキッチンに向かう。

背後からは、

「今度は逃げるなよ、パピーちゃん」

「うぅぅ、パピーはやめてください……」

楽しそうなルキフェルと、逃げ腰になっているケルベロスの情けない声が聞こえてきたけれど、心の中で「ケル、ごめん」と合掌して歩みを速くした。

ルキフェルは、「無類の犬好き」を公言しているのだ。

かつて、獣姿の時に全身を弄り倒されたことがあるらしいケルベロスは、ルキフェルと顔を合わせるたびに逃げようとして……毎回失敗している。

彼には申し訳ないが、ルキフェルがケルベロスに集中してくれていたら歩望は絡まれないので、平和だ。


応接室でルキフェルと向かい合って座った杏樹は、やはり仏頂面だ。

歓迎していないと全身で表しているのに、ルキフェルはまったく気にする様子はなく「どうぞ」と歩望が差し出したコーヒーカップを受け取った。

「幼妻扱いしたけど……アユは、まだきちんとしたアンジュの眷属になっていないんだな」

「そんなの、わかる？」

「もちろん。血の匂いがアンジュのものと完全に同化していないし……抱き寄せた身体が、あたたかかった」

ルキフェルの言葉に、そんなことでわかるのかと不思議になった歩望は、くんくんと自分の肘《ひじ》の内側あたりの匂いを嗅《か》いでみた。

「……匂わないと思うけど」

血の匂いなど、どんなに頑張っても嗅ぎ取れない。

そろりと窺い見た杏樹は、なにを考えているのか読めない無表情でコーヒーカップに口をつけていた。

杏樹もルキフェルも、人間の食べ物は摂取しなくても生きられる。逆に、口にしたところで毒になるわけでもないようだが、コーヒーや紅茶、緑茶の風味や香りは好むようだ。ワインも、専用のワインセラーにいろんな種類が揃えられている。

人間が煙草《たばこ》を吸ったり、必要不可欠な栄養素というわけではないのにガムやケーキを食したりするのと同じで、嗜好品《しこうひん》としての楽しみなのだろう。

「アンジュってば、なにを意地になっているのか知らないけど、さっさとアユを眷属にしちゃえばいいのに。アユの血は、甘いだろ？　正式な眷属になれば、もっと……特別な甘さになる。だいたい同族の中では、アンジュはアユを娶ったって認識だよ？　みーんな、幼妻に興味津々なのに……屋敷に隠して披露してくれない、ってさ。正統な貴族であるアンジュが眷属を得たなら、お披露目は必須だからねぇ」

軽く言い放ったルキフェルを、杏樹がギロリと睨みつけた。ふっと短く息をつき、手に持っていたコーヒーカップを乱暴にテーブルへ戻す。

「歩望のことは、どうとでも言わせておけ。娯楽に餓《う》えた年寄りどもは、ゴシップ好きで相手にしていられん」

「うん？　今、僕を年寄りに含めなかった？　頑固に、アユを眷属にすることを拒み続けるアンジュのほうが、よっぽど年寄りじみていると思うけど。可愛くて堪らないくせに」

「眷属……ね。おまえがそれを言うか」

「ははは、まだ根に持っているんだ。百年も前のことなのに」

「………」

無言で睨みつける目に力を込めた杏樹に、ルキフェルは口を噤《つぐ》む。

無遠慮に軽口を叩いているようでいて、いつも杏樹が本気で怒りそうになる直前に、スッと引くのだ。

この絶妙な見極め力は、見事としか言いようがない。

「百年前、って？」

過去に二人のあいだになにかがあって、確執が残っているらしいということは、歩望も察している。

ルキフェルがなにかをして、一方的に杏樹を怒らせた……という感じだが。その出来事が、百年前にあった『なにか』なのだろうか。

「おまえは知らなくていい」

歩望の疑問をそんな一言で撥ねつけた杏樹は、険《けわ》しい表情でルキフェルを見遣った。

クールを通り越して、凍りつきそうな目だ。

それを物ともしないルキフェルは、きっと心臓に毛が生えている。しかも、剛毛がフサフサに。

「アユを傍に置いた時は、あのことを過去として水に流したと思ったんだけどねー。まだ、わだかまりが残ってんだ？」

ピリピリした空気を纏う杏樹とは違い、ルキフェルは相変わらず飄々《ひょうひょう》としていた。二人は同じ出来事について語っているはずなのに、捉え方の温度差をハッキリと感じる。

「執念深い年寄りなものでな」

「自分で言うと、ツッコめないだろ。まったく……繊細なんだから」

「おまえの神経が図太すぎるんだ」

それは……歩望も同意する。

最後は、追い出されるようにしてこの屋敷を出ていくことになるのに、毎度杏樹の堪忍袋《かんにんぶくろ》の緒《お》が切れるまで絡むのだ。

ここを訪問するたびに似たようなやり取りを繰り返していても、懲《こ》りない上に飽きないらしい。

「アンジュのところに行くと話したら、月華《げっか》が、今度は自分も同伴すると言っていたけど」

「……殺されたいなら好きにしろ」

あ、限界が来た。

歩望がそう思ったのと同時に、腰かけていたソファから杏樹が立ち上る。もう言葉もなくルキフェルを一瞥《いちべつ》して、応接室を出ていった。

「あ……えっと、ルキフェル」

「僕は勝手に帰るから、アンジュを追いかけて。うーん……三年も歩望を傍に置いておきながら、根深いなぁ」

「あまり杏樹をいじめないでよっ」

事情は全然わからなくても、ルキフェルの言葉に杏樹が機嫌を降下させたことは間違いないのだ。

いや、最後のあの目は……怒ったというより、傷ついていた。杏樹自身は、決して認めないと思うけれど。

「勇ましいな。……なにを拘《こだわ》ってんのか知らないけど、さっさとアユを眷属にしちゃえばいいのにね。こんなに長く傍に置くんだ。アユが特別なくせに、意地を張って」

「おれの意思は?」

「……あれ、アンジュの眷属になるの……嫌なの?」

ふふ、と微笑を滲ませて尋ねられた歩望は、グッと唇を引き結ぶ。

ルキフェルを苦手とする理由の一つが、これだ。軽率で自分勝手なようでいて……観察眼が鋭く、容赦なく機微《きび》を穿《うが》つ。

「それとも……怖い？　成功するかどうか、やってみないとわからないからね。人からヴァンパイアへの生まれ変わりが失敗したら、骨のカケラさえ残らず消滅する」

挑発する言い回しだったけれど、歩望はムキになって反論することなく、静かに首を左右に振って答えた。

「怖くなんかない。もともと、どうでもいい命なんだ。でも……杏樹に望まれないなら、意味がない」

ルキフェルの言葉の真偽は、確かめようがない。

でも歩望は、それを怖いとは感じなかった。

すべては、杏樹次第だと。そう口にした歩望に、ルキフェルはこれ見よがしな特大のため息をついた。

「はぁぁ……二人して意地を張っていたら、進展しないよなぁ。って、おまえもそう思うだろ、パピーちゃん。仲良しのアユと、ずっと一緒にいたいよなぁ？」

「あ」

ルキフェルの視線を追った歩望は、ハッとしてルキフェルと視線を合わせる。気配を消してソファの脇に佇んでいたケルベロスの存在を、蚊帳《かや》の外に追い出していた。

唐突に話を振られたケルベロスだったけれど、ずっと会話を耳にしていたからか、抜群の反応速度でルキフェルに言い返す。

「パピーちゃんはやめてくださいって！　……オレは、マスター自身が決められることだと思っていますので」

チラ……と歩望に視線を向けたケルベロスは、最後のほうは小声でつぶやいて足元に視線を落とした。

「まったく、みんなアンジュが大好きなんだから。歩望、君さえその気になったら、僕が咬んであげるからね。いつでも声をかけて」

「……ならない。咬まれてもいいのは、杏樹だけだ」

ムッとして短く言い返した歩望に、ルキフェルは「あ、やっぱり？　仕方ない子だなー」と笑って立ち上がった。

パッと顔を上げたケルベロスと足を踏み出しかけた歩望を手で制して、廊下との境の扉を指差す。

「見送りはいいから、アンジュのフォローをよろしく。拗ねてるだろうから。千歳を超えたくせに、いつまでも子供で面倒な男だなぁ」

杏樹を子供扱いするルキフェルは、確か百歳くらい年上だったはずだ。

正確に二人が何歳なのか歩望は知らないし、聞いたところでどうすることもできないので、追及するつもりもない。

ただ、本当に杏樹が拗ねているのなら……フォローをしなければ、とは思う。

「ケル、おれ、杏樹の部屋に行くから。もし夕飯に間に合わなかったら、フレイに謝っておいて」

「ん、了解。……オレはルキ様を見送るよ」

「いい子だねー、ケルベロス。今度、全身を念入りにブラッシングしてあげるから、獣姿になってね」

「……遠慮します」

嫌そうに顔の前で手を振ったケルベロスに、ルキフェルは「ははは、遠慮は不要だよ」と笑い飛ばした。

遠慮という言い回しで拒絶したのをわかっていて、逃げを封じているのだ。恐ろしい。

「じ、じゃあね、ルキフェル。大したお持《も》て成《な》しもできませんで」

「いえいえ、インスタントコーヒーでも充分に美味しかったよ。アンジュとアユの顔も見られたしね」

相変わらず、真意の読めない笑みを浮かべて手を振ったルキフェルに軽く頭を下げて、応接室を出た。

杏樹は……きっと、寝室だ。ルキフェルの言葉が正しければ、ベッドに潜り込んでふて寝をしているだろう。

「押しかけたら、嫌がられるかなぁ。……嫌がられるだろうな。うーん、腹が減ってたから沸点が低かった、っていうのもあるかも？　ちょっと血を飲んでもらって……それで、機嫌が直ればいいけど」

　他人事だと思ってルキフェルは簡単そうに言っていたが、どう杏樹のフォローをするべきか頭を悩ませながら長い廊下を進んだ。


「杏樹。……入るからね」

　返事がないことは想定済みだったので、おざなりなノックをして扉を開ける。

　杏樹の寝室は、昼夜を問わずカーテンが閉め切られている。すっかり陽が沈んだ今では、ほぼ闇に包まれていた。

　歩望は、ゆっくりとベッドに近づいて……やっぱりふて寝している、と密やかな苦笑を滲ませる。

「ルキは帰ったよ」

「……今度来ても、屋敷に入れるな」

　ルキフェルの訪問を受けた後は、毎回、同じことを言っている。それでも玄関払いをしないのは、杏樹も心底ルキフェルを嫌っているわけではないのだ。

今の杏樹は、正しくルキフェル曰く『拗ねている』状態で、歩望は笑ってしまいそうになるのをギリギリのところで堪《こら》えた。

ここで笑ったことが杏樹に知られれば、一週間は寝室に籠もってしまうだろう。ますますフォローが大変になる。

「なにをしに来た」

「お腹、空いてないかな……と思って。夜は、食事に行くの？　外出が面倒だったら、おれで済ませたらいいのに」

そうして、他の人間の血を吸いに行くな……と遠回しに訴えていることが、杏樹に伝わってしまうだろうか。

緊張しつつ答えを待っていると、こんもりと膨らんだベッドカバーがゴソリと動いた。

わずかなカーテンの隙間から、ほんの少し差し込む外灯の明かりが、杏樹の様子をハッキリと見せてくれる。

「歩望」

低く名前を呼びながら片手を差し伸べられて、うなずいた。ベッドに膝を乗せると、杏樹の傍らに潜り込む。

「好きなだけ吸っていいよ。フレイに、造血効果があるっていうご飯を作ってもらうし」

「……必要以上はいらん」

ボソッと答えた杏樹が、歩望の着ているシャツのボタンを外す。襟元から三分の一ほどを外して、スルリと首筋を撫でてきた。

ひんやりとした手が肌を這う感触に、歩望の意思とは関係なく肩が震えてしまう。

「冷たいか」

「冷たくないわけじゃないけど……杏樹の体温だな、って思うだけだ」

嫌がっているのではないからと、態度で示すべく杏樹の手の甲に自分の手を重ねる。

歩望の肌に触れている手のひらと、重ねた手の甲側と……両方から、ぬくもりが伝わっているはずだ。

「おまえのぬくもりは、悪くない」

「うん」

体温のない杏樹は、半分人間で未だに体温を残している歩望から暖を取ろうとするかのように、抱き寄せてくる。

杏樹自身は、身体が冷たいからといって寒いわけではないと言うけれど、冬場などは動きが鈍いのだ。

杏樹の腕の中に抱き込まれると、ほとんど鼓動を打つことのない歩望の心臓が、脈動を思い出したかのようにトクン……トクンと震える。

ここに来てすぐの頃は、得体の知れない杏樹が苦手だった。死にかけていたのなら、そのまま放っておいてくれてもよかったのに……と思ったこともある。

でも今では、フレイヤやケルベロス、ウルラと生活を共にするのにもすっかり慣れてしまった。

杏樹に血を提供したり、逆に一口、二口……貰ったりするのも、嫌いではない。嫌いどころか、自らこうして杏樹のベッドに潜り込む。

他の誰かとベッドを共にして血を得るのなら、好きなだけ自分の血を吸い上げればいい……と望んで、うなじを曝《さら》け出す。

「咬むぞ。力を抜け」

「ん……」

低く予告された歩望は、肩の力を抜いて杏樹に身を任せた。身体に力が入っていたら筋肉が硬くなって、牙を食い込ませ辛くなるらしい。

首筋に舌を這わせて、狙《ねら》いを定め……やわらかく冷たい唇が触れる。

「ン……、ッ……は」

歩望が細く息を吐くのにタイミングを合わせて、じわじわと尖った牙が埋められる。鋭い痛みを感じた数秒後には感覚が麻痺し、首筋に穿たれた牙の存在だけがリアルになる。

この時だけは、歩望の心臓が普段より遥かに早く脈打って、血管に血を送り出す。杏樹に与えようとするかのように、全身を巡る血を……じっくりと吸い上げられる。

杏樹はいつも、フルコースか懐石料理を楽しむ人間のように、たっぷりと時間をかけてわずかな血を吸い出す。

コク……と喉を鳴らす小さな音が聞こえると、この血を味わっているのだと……好んでくれているのだと言葉ではなく伝わってきて、歓喜が胸の奥から湧き上がる。

歩望が震える手で杏樹の背中を抱いた意味をどう捉えたのか、更に深く食い込んできた牙に小さく身体を跳ね上げさせた。

「ぁ、んっ……ぁッ！」

背中に手を回し、制止しようとしたわけではない。もっと……杏樹を傍に感じようとしただけだ。

そう言いたいのに、上手く言葉にならない。

牙を埋められている場所が甘く疼き、奇妙な熱が波紋のように広がっていく。

「杏樹……、ぁ！」

「ッ、……吸いすぎるところだった」

身体の内側で膨れ上がる熱を持て余した歩望が、ビクッと背中を反らした直後、深く埋められていた牙が唐突に引き抜かれた。

「歩望。……大丈夫か」

大きな手で前髪を掻き上げられて、顔を覗き込んでくる。

額に落ちるのは、銀色の髪……歩望を見据えるのは、翠色の瞳だ。何度目にしても見飽きることのない美しい容貌に、ふっと唇に微笑を滲ませた。

「今日も、キレーだ。杏樹」

「……そんなことが言えるなら、大丈夫そうだな。一口、飲んでおけ」

「う、ん」

自分の手首に噛みついた杏樹が、ゆっくりと顔を寄せてきた。唇が重なり、舌の上へトロリと広がる強烈な甘露が注ぎ込まれる。

甘くて……甘くて、思考が白く霞《かす》む。

ルキフェルの言っていた言葉が、ふと頭に浮かんだ。正式な眷属になれば、更に血の味が変化してもっと甘くなる……と。今でも充分甘いのに、これ以上甘美なものが存在するのかと不思議になる。

杏樹の首に腕を絡みつかせて引き寄せ、「もっと」と求めたのに……杏樹は応じてくれず、歩望の舌先を軽く噛んで唇を離してしまった。

「これで、動くのに支障はないだろう。摂りすぎるな」

「おれ、いいよ。……杏樹の眷属になっても」

「…………」

歩望の声は小さなものだったけれど、杏樹には聞こえていたはずだ。それなのに、ポンと頭に軽く手を置いて密着していた身体を離す。

杏樹がベッドから足を下ろすと、歩望は横たわっていた大きなベッドに起き上がって広い背中を見詰めた。

カーテンの隙間からわずかな光が差し込んでいても、普通の人間ならここまでハッキリと見えないと思う。

今の歩望は、杏樹やあの三人には劣ると思うけれど、一般的な人間よりは遥かに夜目が利き、杏樹の姿をきちんと捉えることができる。

杏樹は、歩望を振り返ろうとしない。言葉もない。

「杏樹」

名前を呼ぶと、ほんの少し頭が動くのがわかった。

「ルキフェルが、眷属がどうのとふざけたことを言っていたせいか？」

「違うっ。おれは、おれの意思で……」

「闇の存在になるということが、どんなことか……おまえはよくわからないから、言えるんだ。軽々しく口にするんじゃない」

「確かに、よくわかってないかもしれないけど……軽々しくない」

グッと拳《こぶし》を握って反論した歩望に、もうなにも言ってくれない。

窓際に立ち、左右の手で掴んだカーテンを開けると、外からの光が差し込んで杏樹の姿が鮮やかに歩望の目に映った。

「この気配は……フレイが、食事の準備をしているな。……しっかり食って育ち、美味い血を作れ」

歩望を寝室から追い出そうとしているかのような言葉に、うな垂れる。

人の食事を摂りながら、杏樹の血を甘露に感じる歩望は、中途半端な存在だ。人ではない。ヴァンパイアでもない。

成長速度は鈍いが、育たないわけではない。完全なヴァンパイアとは違い、病や怪我で死に至ることもある。

一口、二口と杏樹の血を摂取していても、日々の生活で消費されてしまう。最初に杏樹から与えられた大量の血は、やがて薄くなり……ヴァンパイアとしての効力が消え、いつか歩望はただの人に戻る。

それを、杏樹はどう考えているのだろう。

退屈凌ぎのオモチャとして飽きることなく遊ぶ、暇潰しの期間としてはちょうどいい……くらいに思っているのだろうか。

家事全般を担うフレイヤや、優秀な番犬であるケルベロスや、一族間の連絡係として執事のように杏樹をサポートするウルラとは違う。

歩望は、杏樹にとってなくてはならない存在ではない……と自覚している。

それとも、人間に戻ったと同時に歩望の血を吸い尽くし、この屋敷や自分たちの存在を世間に漏らすことのないよう口封じをするつもりか？

……それでも、いいかな。

「おれの血が美味しかったら……嬉しい？」

「なんだ、いきなり」

歩望の唐突な一言に、杏樹は訝しげな声で聞き返してくる。唇を引き結んでジッと目を合わせていると、仕方なさそうに答えてくれた。

「まぁ、不味《まず》いよりはいい」

「わかった。……美味しい血を飲んでもらえるように、ご飯……食べる」

ベッドから飛び下りた歩望は、早足で出入り口に向かう。ノブを掴んでドアを開け、廊下に一歩踏み出して杏樹を振り向いた。

「もっと飲みたい……って、自制ができなくなるくらい美味しくなってやるからな」

「……ああ。そういえば、デブにしてやるとも言っていたか」

「そうだよっ。覚悟しろ。モデル体型からビア樽《だる》体型になっても、泣くなよ」

飄々と言い返されるのが悔しくて、そんな捨て台詞《ぜりふ》を吐くとドアを閉めた。

……捨て台詞としては迫力に欠けていたし、ちょっと……かなり不恰好なものだったかもしれない。

「拒まれるからムキになってるだけなのか、本当に杏樹の眷属になりたいのか……わかんなくなってきた」

杏樹の真意がわからないから、二人して意地の張り合いをしているだけのような気がしてきた。

それとも、杏樹には歩望を眷属にしたくない明確な理由が存在する？

歩望は……どこまで本気で、杏樹曰く『闇の存在』になろうと思っているのだろう。

「よく、知らない……って、杏樹が教えてくれないんじゃないか」

最初から、杏樹の血の効果が消えるまで……期間限定だと決めていたせいか、杏樹は歩望に肝心なことをなにも教えてくれない。

杏樹と、従兄弟のルキフェル……その他には、どれくらいの数の一族がいるのだろう。

人からヴァンパイアへの生まれ変わりが失敗したら、骨も残らず消滅すると聞いたが、その方法は？

ルキフェルは冗談っぽく「僕が咬んであげようか」と口にするけれど、そうしたところで歩望はハーフではなくきちんとしたヴァンパイアになるのか？

「……わかんないことばっかりだ」

三年以上も一緒にいるのに、知らないことのほうが多いかもしれない……と、今更ながら気がついて愕然《がくぜん》とする。

この三年で、歩望の心情は、杏樹とできるだけ一緒にいたい……と思うように変化した。

歩望の三年は、意識が変わる程度には長かった。千年以上を生きている杏樹の三年は……一瞬で、意識が変わるほどの時間経過ではない？

杏樹は、歩望を拾った日から変わらないのだろうか。

今でも、退屈凌ぎのオモチャで、非常食で……それだけ？

「千歳オーバーのおじいちゃんは、頑固だろうからな」

そんなふうに独り言で憎まれ口を叩いても、沈んだ気分のままで……笑うことはできなかった。

《六》

「あ……ウルラ。なんか、久し振り？」

「そうだね、歩望。一月《ひとつき》振りくらいか」

布製の大きなトートバッグを肩にかけて階段を下りたところで、ウルラにバッタリと鉢合わせした。

三人いる杏樹の眷属の中でも、基本が梟だというウルラは完全な夜型だ。太陽が空の高い位置にある時間に顔を合わせるのは、珍しい。

ウルラは、笑いかけた歩望が肩にかけているバッグを目に留めて、尋ねてくる。

「出かけるのかい？」

「うん。すぐそこの公園。海が見えるし、いいロケーションなんだ。屋敷の敷地内のものはだいたい描き尽くしたから、あそこに行ってくる」

杏樹は日中をほぼ寝室で寝て過ごすし、フレイヤは家事があるのであまり構ってくれない。

ケルベロスは気が向けば相手をしてくれるけど、やはり夜行性ということもあって目を離すと昼寝モードに入ってしまう。

歩望も昼過ぎくらいまでは眠っているのだが、ここしばらくはやけに夜の早い時間に眠くなってしまい、昼前に目が覚めることが多いのだ。

どうやって時間を潰そうかと考えた時に、頭に浮かんだのは『絵を描く』ことだった。学校に通っていた頃の歩望は、勉強も運動も音楽もあまり得意ではなかった。ただ一つ、自慢できる成績を収めていたのが美術だったのだ。

フレイヤに買い物ついでにスケッチブックと鉛筆を買ってきてもらい、試しにちょうど見頃だった薔薇園の一角を描いてみたところ、フレイヤとケルベロスに「すごいぞ」とか「あら、上手だわ」と褒められて調子に乗った。

以来、一人の時間を、スケッチブックを手にして屋敷内をうろつきながら絵を描く……ということで、消化している。

本当なら、今頃は最低賃金に近い額で肉体労働をしていたはずなのに……と思えば、贅沢《ぜいたく》にも優雅な日々を過ごしているかもしれない。

「ああ……フレイとケルも描いていたな。ケルに、『見ろ、オレだ』とか嬉しそうに見せられたが、なかなか上手かった」

「美術だけは、いつも『5』だったんだ。今度、ウルラも描かせてよ。梟姿、滅多に見せてくれないんだから」

かった。

温和な笑みを浮かべてそう言ってくれたけれど、叶えられる日は遠そうだ。

フレイヤとケルベロスも、「絵を描かせて」と頼む歩望に、なかなか首を縦に振ってくれなかった。

杏樹に至っては、無言で顔を背けて……返事さえしてくれない。絵のモデルになるのは、そんなに嫌なのだろうか。

「人間とは、あまり接触しないように。気をつけて」

「はーい」

うなずいた歩望に、ウルラは目を細めて「じゃあ、おやすみ」と階段を上っていった。

ウルラの言葉は、素直に聞き入れるようにしている。梟は、森の賢者と呼ばれる鳥だと聞いたことがあるけれど、実際にウルラも思慮深くて博識なのだ。歩望の知る限り、中学時代の教師よりも『先生』という呼称が似合う。

玄関を出ると、雲一つない空から眩しい太陽の光が降り注いだ。

「うわ、眩し……」

帽子を被ってくればよかったか。

そう怯みかけたけれど取りに戻るのが面倒で、スケッチブックの入ったトートバッグを頭上に翳して歩き出す。

広い庭を走る小道を抜け、鉄製の大きな門をくぐる。丘の頂上にある屋敷から目指す公園までは、曲がりくねった長い坂を下らなければならない。

公園より高い場所にある建物は杏樹の屋敷だけなので、車通りのない道路の真ん中をのんびりと歩く。

たまに、洋風の荘厳な屋敷をレストランやホテルと間違えた人間が上ってくるけれど、看板が一切ないのに加えて訪問者を拒む空気を察してか、固く閉ざされた大きな鉄門の前でUターンして戻っていくのだ。

「おれ、のん気にこんなことしてて、いいのかなぁ」

木陰に差しかかったところで、頭の上からトートバッグを下ろす。

水彩色鉛筆や水筆などの道具が、トートバッグの中で音を立てたのが聞こえてきて、ふっと息をつく。

スケッチブックも絵の道具も、買い物に出た際にフレイヤが買ってきてくれた。たまに訪れるルキフェルが、土産として持ってきてくれたものもある。

こんなふうに好きなことだけをして過ごす毎日に馴染んでいると、杏樹の血の効果が切れて、ただの人間に戻る日が来ても……社会復帰できないような気がする。

ハーフヴァンパイアとしての時間は、長くて十年ほどだと言っていた。ただの人間になった歩望など、扶養義務はないと屋敷から追い出されるだろう。

でも……きっと、人間の社会に歩望を待つ人は誰もいない。

今は行方不明扱いのはずだが、自らの意思で行方をくらましているか……死んでいると思われている可能性もある。

「普通の人間として生活するとか、考えられないんだよなぁ」

それならいっそ、杏樹に食い尽くされてしまったほうがいいのでは、とも思う。

……もし杏樹自身に拒まれたら、それも叶わないけれど。

「まだ、ちょっと時間があるはずだから、身の振り方ってやつを考えよう。……本当は、ルキが言っていたみたいに杏樹の眷属になれたらいいなぁ。杏樹は、全然その気がないみたいだけど。役立たずだから、イラナイって思われてるのかな。今のおれって、もしかしてゴクツブシとかヒルアンドンってやつ？」

屋敷を出て公園をうろつくようになり、子供を連れて立ち話をしている母親たちの会話から新しい言葉をいくつか覚えた。

それらの中から、今の自分に当てはまりそうなものをつぶやくと、ますますどんより沈んだ気分になった。

モヤモヤとしたものを振り払うかのように、坂を駆け下りて公園に併設されている駐車場を抜ける。

大きな公園は、小さな子供向けの遊具が並ぶゾーンと芝生広場、小ぢんまりとしたアスレチックジムも設置されている。公園を突っ切って一番奥まで進むと、展望台になっていて海を見渡せるのだ。

絵を描くには最適なロケーションで、二ヵ月くらい前から週に二、三回は通っている。これまでの約三年、屋敷内に引き籠もっていられたのが逆に不思議だ。

「……昼は、ほとんど寝てたもんな」

行動時間が夕方からなので、公園に行くという考えに至らなかったのだ。

それが、どうしてこの二ヵ月くらいは昼前に目が覚めて、外出しようという気になるのだろう……と、歩望自身も不思議だった。

「杏樹の眷属になったら、太陽は苦手になるのかな」

ヴァンパイアが陽の光を苦手とするのは、創作物の中だけだ……というけれど、やはり杏樹は夜行性だ。太陽を浴びたところで灰になることはなくても、疲労はするらしい。

歩望は中途半端なハーフヴァンパイアなので、普通の人間とほとんど変わらないけれど……やはり、晴れ渡った空は眩しいと感じる。

今の歩望には、「杏樹の眷属になったら」というもしもは、すべて仮定であり想像するしかできない。

「今日は、人っていうか……家族連れが多いなぁ。土曜か日曜なのかな」

杏樹の屋敷には、カレンダーというものがない。杏樹や眷属の三人は、季節によって服装を変えるという概念も薄いようなので、一人だけ気候に左右される歩望は「暑い」とか「寒い」という体感で衣替えをしている。

芝生広場の隅に座り込んでスケッチブックを取り出したところで、なにかが視界の端に入った。

「ん……？　うわっ！」

なんだろう？　と顔を上げた直後、ドシッと重い衝撃に襲われて芝生に転がる。

なにかが歩望に伸しかかって陽を遮っているらしく、視界が暗い。なんだ……と咄嗟に閉じていた瞼を開くと、目の前にあったのは白い牙とピンク色の舌だった。

「ハッ、ハッ、ハッ……」

荒い息遣いと立派な牙、黒い鼻と……髭《ひげ》？　伸しかかってくるものの正体を探っていると、べろりと顔面を舐められた。

歩望が硬直していると、

「これっ、ルーク！　ルクス！　すみませんっ。大丈夫ですか？」

駆け寄ってきた女性が、焦《あせ》りを表す早口でそう言いながら、歩望に伸しかかっていたものを引き離した。

……犬だ。それも、歩望とほとんど体格が変わらない、巨体の黒い犬。

飼い主らしい女性に「ダメ！」と叱責されていても、どこかとぼけた顔でジッと歩望を見ていて、怒る気が失せた。

ふっと吐息をついて、転がっていた芝生から上半身を起こす。

「……大丈夫です」

シャツについた細かな芝を払いながら、表情を曇らせて歩望を見下ろしている女性になんとか笑みを向ける。

「本当にすみません。怪我はしていませんか？　汚したり、壊したりしたものは……」

「なんともないです。巨大な犬には、慣れてますし」

獣姿のケルベロスのほうが、この犬より大きいし見た目も厳つい。

凶悪な外見のアレに比べたら、モコモコの体毛に包まれたこの犬など、ファンシーなぬいぐるみのようなものだ。

「……よかったぁ。犬を飼われているんですか？　だから、この子が猛突進したのかもしれません。言い訳に聞こえると思いますけど、普段は、こんなふうに人に飛びかかるなんてしない子なんです」

「犬……は、おれが飼っているわけではないですけど、一緒に住んでます。あいつの気配を察して飛びかかってきたのなら、仕方ないかな」

普通の犬にとって、ケルベロスは……どんな存在だろう。簡単にいえば魔物なのだから、恐ろしいものかもしれない。

この犬は、襲いかかってきたというわけではなく、ジャレついてきた感じだったが……。

「ママー！　ルークいたぁ？」

「あっ、いたいた。大丈夫よ。このお兄ちゃんに、遊んで！　って飛びついちゃった」

答えながら振り向いた女性に、幼稚園児だろうか……五、六歳の子供が走ってくる。

仲良しらしく、走ってきた勢いのまま犬に抱きついたけれど、大きな犬は子供をどっしりと受け止める。

「なにかお詫《わ》びを」

「本当に大丈夫なんで、お気遣いなく」

どこもなんともない。歩望は、これくらいで怪我をしない『体質』だ。

散らばったスケッチブックや色鉛筆を拾い集めている歩望に、その場に留《とど》まったままの女性は納得しかねたように「ですけど」と続ける。

ずいぶんと律儀な人らしい。

「あー……どうしても、って言うなら一つお願いしていいですか？　その犬の絵を、描かせてください」

黒い犬を指差す。

歩望の手元にある絵の道具と、黒い犬を交互に見遣った女性は、うなずきかけて……曖昧に首を捻った。

「それは、もちろん構いません。ジッとしていませんけど、大丈夫ですか？」

「動いててもいいです。その……子と、遊んでくれていていいので」

どう呼びかければいいのかわからなくて、視線で男の子を指しながらポツポツと口にする。

日頃接する相手が極端に少ないせいで、もともと自信があるとは言い難いコミュニケーション能力は悲惨なレベルにまで退化している。

そんな歩望に、物怖《ものお》じしないらしい男の子は朗《ほが》らかに口にした。

「ハルヤです！　この子はルークだけど、本当はルクスっていうんだ。お兄ちゃんは？」

「歩望」

無邪気に笑いかけてくる彼に反して、歩望はずいぶんと無愛想な態度だと思うのだが、ハルヤは笑みを絶やすことなく隣に座り込む。

「ルークはね、ぼくが生まれた時からいつも一緒なの」

「……うん。兄弟みたいだ」

「ぼくがね、ルークのオトートト！」

一生懸命に語り始めた男の子の前に、ルークと呼ばれた犬が行儀よく座る。

その様子を見ていた母親は、歩望に「お邪魔してすみません。本当に、もう……重ね重ね」と申し訳なさそうに眉を下げたけれど、歩望は自分に話しかけてくる子供が不思議なだけで嫌だとも邪魔だとも思わなかった。

「ハルヤくん、お母さん、車からジュースとおやつを持ってくるから、少しだけルークと一緒にここにいてくれる？」

「うん！」

ハルヤが勢いよくうなずき、歩望に軽く頭を下げた母親が小走りで駐車場のほうへ行ってしまう。

子供と犬を交互に見遣った歩望は、心の中で「そんなに、おれを信用しちゃいけないだろ。誘拐魔だったらどうするんだ……」と零したけれど、ルクスの視線を感じて唇に苦笑を浮かべる。

なるほど。この子にとって、心強い最強の番犬が一緒か。

「絵を描くの？　見せて？」

「……いいよ」

歩望が渡したスケッチブックを、ハルヤは小さな手で捲る。

黒猫姿のフレイヤを目にして「にゃんこちゃんだ！」と目を輝かせ、獣姿のケルベロスを描いた一枚で動きを止めた。

「お兄ちゃんの犬？　かっこいい！　お名前は？」

「……ケルベロス」

「ケルベ……？」

「ケルだよ。おれの犬じゃないけど」

鉛筆で描いた、黒一色のケルベロスを指先で撫でて、「ケルっていうんだ」と笑っている。

どうやら、ルクスというこの犬だけでなく動物全般が好きらしい。

「今度、ケルに会わせて？　一緒に公園きて！」

「うーん……ケルが、いいって言ってくれたらね」

大人なら、「犬に聞いてもねぇ」と嘲笑しそうな言葉を口にしたのに、ハルヤは「うん、聞いてみて！　いいって言ってくれたらいいな」と笑っている。

ふと、同じ施設にいた年下の子供たちを思い出した。

自分も含めて……あそこにいた子たちは、あたたかな家庭を知らない子が多かった。こんなふうに、満たされた純粋な笑みを浮かべることもなく、常に大人の顔色を窺っていた。

あそこを出てから、まだ三年半くらいしか経っていないのに、ものすごく遠い過去のようだ。

「ハルヤくん、お待たせ！　すみません、子守りさせちゃって。よければ、一緒におやつを食べてくれませんか？　ドーナツは、お好きかしら」

「ママ、ルークのおやつは？」

「ルークのジャーキーも、ちゃんと持ってきてるわよ。林檎《りんご》ジュースとオレンジジュース、どっちにする？　ええと……」

どう呼びかければいいのか迷ったらしく、視線で尋ねられる。歩望が答えるより先に、ハルヤが声を上げた。

「あのね、アユムくん！」

「アユムくんは、どちらが好き？」

親しげに笑いかけられた歩望は、戸惑いながら首を横に振った。

絵を描かせてくれとは言ったが、深く交流するつもりはなかったのだ。

「……あの、おれのことは」

「一緒に、おやつして！」

辞退しようとしたことを感じ取ったのか、隣のハルヤにシャツの袖をギュッと掴まれる。

小さな手で、オレンジジュースのパックを握って差し出されてしまうと、「いらない」と突っぱねることはできなかった。

「ありがとう。……遠慮なくいただきます」

歩望がジュースのパックを受け取ると、ハルヤは嬉しそうにパッと顔を輝かせる。

半分こ！　と言いながらチョコレート色のドーナツを半分に割って差し出され、それもありがたく受け取った。

そろりとドーナツを齧《かじ》ると、「おいしい？」と尋ねてきたハルヤに「うん」とうなずく。

フレイヤはこの手の嗜好品を買ってこないし、歩望も求めたことがない。テーブルロールは手作りしても菓子パンを作ったことがないので、ドーナツを口にしたのは、ずいぶんと久し振りだ。

施設にいた頃は、たまにおやつに出てくるドーナツはご馳走だった。

でも……今の歩望は、比べ物にならないほど魅惑的な甘みを知っている。

全身に染み渡る真紅の甘露は、他のどんなものとも比較にならない蠱惑的《こわくてき》な極上の蜜のようで……。

「ねー、アユムくん。ママにもケルを見せていい？　ケルは、ルークと同じ黒だけどもっと歯が大きくて格好いいの！」

ぼんやりしていた歩望は、ハルヤの声にビクッと肩を震わせて我に返った。

無意識に自分の舌で牙を辿っていたらしく、口の中にほんの少し血の味がする。

「あ、うん。ヘタクソな絵ですけど……」

歩望が、ケルベロスを描いたページを広げてスケッチブックを差し出すと、彼女は感嘆の声を上げた。

「あら、すごく上手！　大きくて、黒くて……犬種は……ドーベルマン？　ボクサーかグレートデーンかしら。でも、長毛だから……違う犬種かしらね。ルクスは、ニューファンドランドなの。ケルもルークも、日本ではあまり見かけない子ね」

「ルークは可愛いけど、ケルはかっこいいね！」

「そうね。凛々《りり》しいわぁ」

ふふ、と笑い合いながら、女性とハルヤがスケッチブックのケルベロスを見ている。

歩望は、かろうじて、

「犬種は知らないんです。ルークより体が大きくて、優秀な番犬です……ね」

そう答えて、犬のものにしては立派な牙に言及しない女性にホッとした。絵なので、その部分をデフォルメして強調しているのだと思ってくれたのかもしれない。

こんなふうに変に気を回すことになるから、ウルラは「人間とはあまり接触しないように」と忠告したのだろうか。

今の歩望は、ウルラへの返事とは裏腹に反抗してしまったのと同じだ。

失敗したかな、と思ったけれど……別れ際にハルヤが、

「アユムくん、またここで遊ぼうね！　絶対だよ！」

と言いながら足にしがみついてくるのを、拒否することができなかった。

曖昧にうなずいた歩望に、母親は「じゃあ、来週の土曜日、同じ時間にここで」と約束を取りつけてしまい、ハルヤが嬉しそうにルクスの首にしがみつく。

やっぱり、来られない……と撤回することはできなかった。それにきっと歩望は、黙ってすっぽかすこともできない。

「杏樹に報告したら、軽率だと怒られるかなぁ」

ハルヤたちの車を見送った歩望は、そうため息をつき、夕焼けに染まる坂道を重い足取りで

帰路についた。

□
□
□

「杏樹、夜だよ。起きて」

ノックは無駄だとわかっているので、声もかけることなく杏樹の寝室のドアを開けて、天蓋付きの大きなベッドに歩み寄った。

サイドテーブルにあるランプを灯すと、最小のぼんやりとした光でも眩しいのか、ベッドに横たわっている杏樹が「ん」と唸りながら寝返りを打つ。

「フレイに、特製造血メニュー作ってもらった。鹿尾菜《ひじき》と枝豆とチーズの豆腐コロッケ。あと、浅蜊《あさり》とアスパラガスのバター炒めと、グリーンピースのポタージュ。動物性のレバーとかより、植物性の食材のほうが血の風味はいいんだよね？」

杏樹の反応が鈍いことは、想定してあった。歩望は遠慮なくベッドに乗り上がり、ベッドカバーを剥《は》いで杏樹の身体に覆い被さる。

とうとう、無視して寝続けられなくなったらしい。瞼を開いた杏樹は、眉間にクッキリと縦皺を刻んで歩望を見上げてきた。

「うるさい、歩望。まだ早い時間だろう」

「もう十九時！　外は真っ暗だよ」

起き抜けの杏樹は、機嫌がよくない。歩望の襲撃に強く文句を言う気力もないのか、少しだけ眉を顰めて嘆息する。

きっと、誰かの血を求めて外出するのを阻止するために、こうしてやって来たことがわかったのだろう。

「はい、起きた」

正しくは、歩望が杏樹の腕を引っ張って無理やり上半身を起こした。放っておいたら、再び眠りに落ちてしまいそうだったのだ。

杏樹の腰を跨《また》いで腿《もも》の上に座った歩望は、あえて明るく「おはよ！」と漆黒の瞳を覗き込む。

杏樹は、ついに抵抗を諦めたらしい。

「……日向《ひなた》の匂いがする」

表情を変えることなく歩望の背中を抱き寄せた直後、目を細めた杏樹の口からそんな言葉が出て驚いた。

「ご、ごめん。気持ち悪い？」

入浴を済ませてここを訪れたのだが、五感の鋭い杏樹は、歩望が昼間にたっぷりお陽様を浴びたことを感じ取ったようだ。

パジャマの袖口から手首のあたりを嗅いでみても、歩望の嗅覚では当然ながらボディソープの匂いしかわからない。

「気持ち悪くはない。なにをした？」

歩望の髪を指先で弄りながら、なにをやったことで陽の匂いをさせているのだと尋ねてくる。

杏樹の冷たい指に触れられる心地よさに目を細めて、ポツリポツリと公園での一部始終を話して聞かせた。

「……まずかった？　ケルの絵を、見せたりして」

「それは問題ないと思うが。普通の人間にとっては、ただの動物だ。闇の存在だなどと、疑わないだろう」

「うん。なんか、あれかこれかって特徴の近いいろんな犬種に当てはめて、納得してたみたいだ」

首を傾げながら様々な犬の名前を挙げていた女性は、歩望が言い訳がましく説明する必要などなく、きっと無意識に自分の常識の範囲内に収めようとしていた。

思い出しながら答えた歩望に、杏樹は「それならいい」と小さくうなずいた。

「血……飲む？　いいよ」

「そうだな。喉が渇いた」

頭を右に傾けて左の首筋を差し出した歩望に、杏樹はほんのわずかに唇を綻ばせる。

不要だと、拒まれなかったことにホッとする。そうして、自信がなかったのを隠して、「どうぞ」と杏樹の頭を抱き寄せた。

いつも、無駄なくらい強気だと思っていてくれたほうがいい。密かに杏樹の顔色を窺い、無遠慮なようでいて気に障ることがないように振る舞っているのだと……矮小《わいしょう》な自分を、知られたくない。

「咬むぞ」

「ん……」

冷たい唇が首筋に触れ、適当な場所を探す動きで舌を這わせてくる。

牙が突き立てられるのを待つ緊張の時間は、数秒で……ジワリと肌に食い込む鋭い牙の感触に、肩の力を抜いた。

「ぁ、ッ……」

身体から体液を吸い上げられる行為は、上手く言葉では言い表せない官能的な感覚だと思う。

かすかな痛みが、痺れるような疼きに変わり……牙の感触が熱に姿を変えて、肌の内側に浸透していく。

他人と肌を合わせたことのない歩望は、身体を重ねる行為と大して違わないのではないかと思う。

それくらい、杏樹に咬まれると濃密な快楽に全身を包まれるのだ。

熱っぽい吐息をついたところで、杏樹が埋めていた牙を引き抜いた。血が零れていたのか、歩望の肌を舐めて余韻を味わっているかのようだ。

「……フレイに、褒美をやろう」

顔を上げた杏樹は、ポツリとそう口にして満足そうな吐息をつく。

相変わらず綺麗な銀色の髪に、翠の瞳。どちらも黒い杏樹も稀《まれ》に見る男前だと思うが、この姿は格別だ。

闇に属する種族なのに、神々しくさえある。

これが、自分の血で変化したのだと思えば言葉にならないくらい誇らしくて、でも……先ほどの杏樹の台詞は、胸のどこかに引っかかる。

「美味しかった、ってこと？」

歩望の血が美味しいと言うのではなく、その血を作ったフレイヤを褒められた。

血が美味しいんだよね？　と歩望が少しだけ拗ねた声で重ねて問い質《ただ》すと、杏樹は無言で唇の端を少しだけ吊り上げる。

いつものことながら、意地悪だ。歩望が欲しがっている答えを、くれない。

「口移しで少しだけ貰うんじゃなくて、おれが杏樹に咬みついて……直接たくさん血を吸ったら、眷属になる？　ハーフじゃなくて、きちんとしたヴァンパイアに……」

「なんだ。このところ、やけに拘るな。不老不死は、魅力がないんじゃなかったのか?」

「それは……おれは、どうでもいいんだけど」

歩望自身が不老不死を望んだり、ヴァンパイアというものになりたいと願ったりしているわけではないのだ。

ただ、杏樹と『同じもの』になりたいとは思う。

もし、杏樹が半年後に寿命を迎えるのなら歩望もそうなりたいし、百年眠る種族なら共に眠り続けたい。

ヴァンパイアだとか狼男《おおかみおとこ》だとか、フランケンシュタインだとか……名前や形態はなんでもいいから、ただ杏樹と『同じ』でありたいのだ。

それを、上手く伝えられなくてもどかしい。

「ルキが言ってた。人からヴァンパイアへの生まれ変わりが失敗したら、骨のカケラさえ残らず消滅するって。リスクはそれだけ? 今のおれは、杏樹の血でハーフヴァンパイアになってるけど、相手がルキでも本物のきちんとしたヴァンパイアになれる?」

矢継ぎ早に質問を浴びせた歩望に、杏樹は険しい顔で黙り込む。

これまでは、こうして杏樹が渋るとそれ以上追及することなく引き下がっていた。でも、そろそろきちんと知りたいと思う。

「杏樹が話してくれないなら、ルキに聞くから」

切り札であるルキフェルの名前を出すと、期待していたとおりに杏樹が表情を変えた。更に不機嫌そうなものになったけれど、歩望が諦めそうにないことを見て取ったらしく仕方なさそうに口を開く。

「……よせ。あいつは、冗談を八割交ぜたろくでもないことしか言わん」

「じゃあ、杏樹から聞かせて」

ここぞとばかりに歩望が畳みかけると、ものすごく不本意そうな顔で特大のため息をついた。

それでもジッと目を逸らさない歩望に、ついに根負けしたようだ。渋々といった調子で、話し始める。

「ヴァンパイアになるには、純血種の血が必要だ。元が人間だった後天的なヴァンパイアでは、眷属を成すことができん。体内の血液をほぼ吸い尽くし、仮死状態になったところに自らの血を注ぐ。血を総入れ替えするようなものだから、当然危険が伴う。おまえには、俺の血が入っているからな。俺以外の……たとえばルキが行えば、成功率は三十パーセントくらいか。その時の状態によるが、おまえの身体的なコンディションがよくて俺が吸血と血の提供を行えば、七十パーセントくらいは成功するはずだ」

「失敗したら……粉々？」

ポツリと聞き返した歩望の言葉に、杏樹からの返事はなかった。それこそが、肯定を意味するに違いない。

怖い……と思うよりも、杏樹の躊躇う理由がそれなのかもしれないと想像するだけで、自然と唇が綻ぶ。

「おれは、成功と失敗が同じ七十パーセントなら、成功するほうにかけるけどなぁ」

「……おまえは、闇の存在となるよりも陽の匂いが似合う。子供とのやり取りも、楽しかったんだろう？　闇の存在となれば、完全に成長が止まるんだ。人間との接触は、最低限しか許されない。同じ場所に長く滞在することも避けるべきだ。ここで十年過ごせば、土地を移り……また十年が経てば、別のところへ。我々は世界のあちらこちらに所有している屋敷を、そうして巡っている」

ハルヤとの数時間を、楽しかったのだろうと言われて曖昧に首を捻る。

子供と接したのは、ずいぶんと久し振りだった。確かに嫌な時間ではなかったけれど、楽しかったかと問われればそれも少し違うと思う。

「楽しいっていうより、不思議な感じだった。おれは、杏樹と一緒がいい」

「……やめておけ。あと数年もしたら、普通の人間に戻るんだから、そのままでいろ」

珍しく、宥めるような仕草で軽く背中を叩かれる。

理不尽に突き放すのではなく、理屈を言い含めて拒もうとする杏樹に、歩望はかえって意固地になる。

ここで引き下がると、納得して諦めたみたいだ。

「普通の人間に戻ったら、……もう眷属になれない？」

本当は、歩望が普通の人間に戻ったらどうなるのか……聞かせてもらいたかった。

でも、これまでの流れでは、どう楽天的に考えても歩望にとって好ましい言葉は聞かせてもらえないと、想像がつく。

だから、質問をすり替えた。

「ちょっとでも、杏樹の血が身体に残ってるほうがいいのかなぁ？」

血を吸い尽くされて、杏樹の糧となるのならまだいい。歩望だけここに置き去りにされ、姿をくらまされる可能性もある。

そうして、歩望が堪らない焦燥感に苛《さいな》まれていることなど、知る由もないのだろう。杏樹は、淡々と答える。

「どうだろうな。前例がないから、なんとも言えん。まぁ……成功率は、とてつもなく下がるだろう」

杏樹自身、どうとも言えないらしい。

最初は、ハーフヴァンパイア。タイミングを見計らって段階を踏み、完全に血を入れ替えることで完全な闇の存在……血の提供者となったヴァンパイアの眷属になるのか。

それならますます、杏樹の血が少しでも濃く残っているうちに血の入れ替えというものをしてほしい。

「フレイやケル、ウルラはそんなに面倒じゃなく眷属になれたんだよね」

今夜の杏樹は、いつになくきちんと答えてくれるから、疑問をすべてぶつけてやれとばかりに言葉を投げかけた。

杏樹が面倒そうな素振りを見せたら質問を引っ込めようと思うけれど、些細な疑問にも言葉を返してくれる。

「動物と、人間は違うだろう。あいつらとは血の交換ができないが、マスターと眷属のあいだでは互いの吸血で事が足りるようになる。伴侶である眷属を持ちながら、たまに人間を襲う同族もいるが……あれはレクリエーションとしての狩りか純粋な快楽を得るためだな」

同族に該当者の心当たりがあるのか、苦い口調でそんなふうに言う杏樹に、歩望はおずおずと尋ねてみた。

「杏樹は、浮気はしない？」

「……妙な言い回しをするな」

ポンと、頭に手を置かれる。

それ以上の言葉はなかったけれど、きっと杏樹は『伴侶でもある眷属』を持てば、無意味に人間を襲ったり必要のない吸血行為をしたりは、しない。

だったら、やはり歩望は杏樹の眷属になりたいと思う。

自分たちだけで生命活動ともいうべき栄養補給が成り立つ関係は、とてつもなく特別な上に理想的だ。

「あとは、まぁ……おまえの体温は悪くない」

「……ズルい。そう言われたら、ハーフヴァンパイアのままでいいか、っていう気になると思ってんだろ」

歩望の文句に返事はなくて、そっと冷たい両腕に包まれてベッドに横たわる。

胸を密着させていても、杏樹の心臓の鼓動は感じない。歩望も、数分に一度……思い出したかのように、トクンと心臓が震えるだけだ。

このささやかな鼓動でも身体に血を巡らせて、温もりが保てているのかと思えば、なんだか不思議だった。

「湯たんぽ代わりは、おれじゃなくてもいいと思うけど」

ボソッとつぶやいた歩望の声に、杏樹からの答えはない。

孤高の存在のようでいて、本当の杏樹は淋しがり屋だと思う。

本人は決して認めないだろうけど、だからこそ、フレイヤやケルベロス、ウルラを眷属にして傍に置いているのだろう。

歩望を抱く腕は、力強いのに……ぬくもりを求める子猫か、母親が離れていくことを怖がる子供みたいだ。

歩望なら、ずっと杏樹の傍にいてあげるのに。

……いや、違う。杏樹の傍に、いさせてほしい。

大きな背中に手を回してギュッと抱きついても、鬱陶《うっとう》しいとベッドから追い出されない。

夜行性の杏樹は目覚めたばかりなので、眠くないはずだ。それなのに歩望は、とろりとした眠気に襲われる。

「ごめ……ん。なんか、眠く……て」

また……深夜を待つことなく、眠くなってきた。夜の闇が訪れると眠くなり、陽の光に眠りから呼び覚まされるのはどうしてだろう。

「すぐ、出て……く」

「ああ……いや、寝ていてもいい」

杏樹に聞けば、理由がわかるかもしれない。でも、もう……目を開けていられなくて、許しを得ると同時に細く息を吐いた。

これまでになく、たくさん杏樹から話を聞くことができた。知りたかったことも、ほぼ答えを得られて……心残りは、一つ。

ルキフェルが言っていた、『月華』とは誰か。

あれほど拒否感を露《あら》わにするというのは、逆に無視できない存在ということだ。負の感情であっても、特別なのだと思う。

杏樹にとって、どんな意味がある人物なのだ……と、気になりながらも尋ねることができなかった。

尋ねたところで、杏樹が答えてくれたかどうかもわからないけれど。


ふっと目が覚めた歩望は、カーテンの隙間から差し込む光の強さに目をしばたたかせる。

また、夕刻より遥かに早く……真っ昼間に眠りから覚醒してしまった。

「ん……っと、ここは……杏樹のベッドで寝ちゃってたのか」

自室ではないけれど、馴染みのある部屋だ。少し視線を巡らせただけで、ここがどこか察することはできる。

眠っている杏樹を襲撃しに来て、血を飲んでもらい……ベッドで密着しているうちに、睡魔に負けてしまったようだ。

すぐ傍に、眠っている杏樹の姿があって……ホッとした。

「ふ……っ、死んだように寝るとかいうけど、こうして見たら本当に死体だもんな。寝息も立ててないし、心臓も動いてない」

軽口を叩いた歩望は、眠っているのをいいことに存分に杏樹を観察させてもらう。

黒い髪……瞼を閉じているから瞳は見えないけれど、長い睫毛《まつげ》も黒い。血の気のない肌は青白く、端整な容姿も相俟《あいま》って、まるで『美』を追求した芸術家が丹精を込めて創り出した精巧な蝋人形《ろうにんぎょう》だ。

本来の杏樹が、銀の髪に翠色の瞳を持っていると知っていても、今はその片鱗さえ見て取ることができない。

日本に滞在する一族全員が、目立たないよう黒髪黒目に擬態しているのかと思っていたが、ルキフェルは常に金髪と蒼《あお》い瞳だ。

「黒いのも恰好いいけど、隠すみたいなことしなくていいのになぁ」

もともと、杏樹は食事の時以外は屋敷から出ない。

人目を気にして、隠す必要などほとんどないのに……とつぶやいたところで、睫毛が震えて瞼を開いた。

「……歩望？　まだ昼ではないか」

「ご、ごめん。起こした？　なんか、目が覚めちゃって」

「なんだ。腹でも減ったか？　そういえば昨夜は、俺が貰っただけだったな。……一口飲んで、夜まで寝ろ」

いつもより口数が多いのに、言葉が不明瞭な感じなのは……珍しく、寝惚けているのかもしれない。

自分の手首の内側に咬みついた杏樹が、唇を寄せてくる。くれると言うものを断る理由はないので、歩望は瞼を伏せて血の味の口づけを甘受した。

雛《ひな》が親鳥に餌《えさ》を与えられるかのように、杏樹から受け取る血は、なにものにもたとえられないくらい甘い。

この一口で、本来は一週間近く飲食せずとも生きられる栄養源であり、歩望の身体の奥に潜む官能を引き出す、甘露でもあり……。

口腔に血の味が充満した瞬間、歩望はビクッと身体を震わせた。

「ッ！」

「ん……どうした？」

咄嗟に杏樹の肩に置いていた手に力が入り、強く掴んでしまったせいだろう。唇を離した杏樹が、不審そうに顔を覗き込んでくる。

歩望はパッと顔を伏せて杏樹の胸元に頭を押しつけると、呆然と喉に手を押し当てた。

どんな顔をしているのかわからない今の自分を、杏樹に見られてはいけない。

「歩望？」

「な、なんでもない。ごめん。急に眠くなってきて」

「中途半端な時間に目を覚ますからだ。渇きが癒されたなら、眠れ」

いつになくやんわりとした声でそう言った杏樹が、歩望の背中を抱き寄せる。ひんやりとした身体に密着した歩望は、唇をギュッと噛んで身を硬くした。

どうして……血の味を感じたと同時に、吐き気が込み上げてきたのだろう？　反射的に杏樹の血を吐き出してしまいそうになり、無理やり飲み込んだ。

杏樹が一度自らの身体に取り込んだ血は、これまで歩望が知っているなによりも甘い、最上級の蜜のようなもの……そのはずなのに。

舌に、口の中……喉にも残る血の余韻が気持ち悪いなんて、感じるはずのないものなのに。

息を潜めてジッとしていると、杏樹が身体の動きを止める。気配まで薄くなり、恐る恐る胸元に伏せていた顔を上げた。

瞼をピッタリと閉じて、微動もしない。

「杏樹、寝た……よね？」

小声で呼びかけても返事はなく、杏樹が深い眠りに落ちていることを確認すると、そっとベッドを抜け出した。

音を立てないように寝室を出て、扉を閉め……長く息をつく。

「なんで……こんな、の」

杏樹の血を、拒もうとした自身がショックだった。

その理由がわからなくて、廊下の窓越しに差し込む眩い太陽の光をジッと見詰める。

「あんまり、眩しくない……？」

太陽の高い日中に、外出を厭わなくなったのは……いつからだった？

そういえば、この三年間ほとんど長さを変えなかった爪や髪が……最近は、自分でも変化に気づくほど伸びているような気がする。

　これでは、まるで……。

「普通の、生きてる人間……みたいだ」

　両手を広げ、ジッと自分の指を凝視していた歩望は、消え入りそうな声でつぶやいた。

　普通の人間と思い浮かんだ瞬間、ゾッと背筋を悪寒が這い上がる。

　成長を望み、小さいままだとからかってくるルキフェルに「育ったよ」と反論していながら、それこそが人ではない証だったのだと思い知らされる。

　髪や爪が伸びたり、身体が成長したり……普通の人間なら当たり前のそれらが歩望には無縁であるのが、杏樹に近い存在であることの証明だったのに……浅はかに『人と同じ成長』を望んだ自分は、バカだ。

「っ……ダメだ！」

　直後、忙しなく頭を左右に振って湧き上がった疑念を振り払う。

　だって、まだ十年も経っていない。

　歩望がハーフヴァンパイアになってから、ほんの三年半くらいだ。杏樹の血の効力が薄れ、ハーフヴァンパイアから人間に戻るには……早すぎる。

「違う。人間になんか、戻ってない」

指先を隠すようにして両手で拳を握った歩望は、自分が今にも泣きそうな顔をしているという自覚のないまま小走りで杏樹の寝室を離れた。

長い廊下を走り抜け、階段を駆け上がって……自室に飛び込む。

カーテンを引いていない室内には陽の光が燦々《さんさん》と降り注いでいて、忌々《いまいま》しい思いで窓際に立つと勢いよくカーテンを閉めた。

「……人間じゃ、ない」

自分に言い聞かせるように口に出して、ベッドに身を投げる。

ついさっき、杏樹の血を飲んだのだから……栄養的には満たされているはずだ。本来であれば、ハーフヴァンパイアの歩望は血を一口飲むだけで栄養が足りる。不足分の補助的に食事をするだけで、一週間近くは飲食をせずとも生命活動に問題はない。

だから、空腹など感じない。

美味しいと言えばフレイヤが嬉しそうだし、杏樹に良質な血を提供するために食べ物を摂取していただけで、歩望が望んだわけではない。

「違う。……違うってば」

ベッドの上で身体を丸めて、朝食を寄越せと欲求しているようにグルグル響く腹の虫に「うるさい。黙れ」と凄む。

中途半端なハーフであっても、杏樹が『生きている死体』と呼んだヴァンパイアに近い存在

なのだから、空腹なんか感じてはいけない。

杏樹に与えられる血だけを、特別な甘露として求めなければならない。

お願いだから……と祈る気分で自分の身体を抱くように腕を回し、陽が暮れるのを待った。

カーテンを閉めていてもぼんやりと明るい中では眠ることもできず、ただひたすら日没を待つ時間は、やけに長く感じた。

《七》

明日は、ハルヤと約束した土曜日だ。歩望が公園に行かなければ、待っているはずのあの子はがっかりするだろう。

もしかして人間に戻りかけているのではないかと気づいてからは、日中に外出する気分ではなくなっている。

けれど、あの子供との約束を破るのは心苦しい。

どうしようか……心の中で葛藤《かっとう》を続ける歩望の手が、止まりがちになっているせいだろう。フレイヤが不思議そうに尋ねてきた。

「美味しくない？　歩望の好きなラム肉だけど」

「まさかっ。フレイのご飯は、いつも美味しいよ。本当だよ」

慌てて否定して、目の前の皿にあるラムのローストにフォークを突き刺す。なんとか咀嚼《そしゃく》して飲み込むと、同じテーブルで歩望を見ていたケルベロスが、

「歩望がいらないなら、オレが食ってやろうと思ったのに」

と、のん気な言葉を口にした。

おかげで、どことなく沈んだ気分だった歩望もいつもの調子を取り戻す。

「ケルってば、本当に食いしん坊だよな。ウルラは、杏樹の血以外のご飯を食べているのを見たことがないけど」

ケルベロスは、ほぼ毎食歩望の食事につき合う。フレイヤは、たまに好みの食材が手に入った時とか、気が向いた時にだけテーブルにつく。

でも、ウルラだけは食事の席に顔を出したことがない。

こうして同じ屋敷に住むようになって三年半以上が経つのに、顔を合わせることも滅多にないのだ。

「ウルラ？　煮たり焼いたり、加工した食材が好きじゃないみたい。時々、梟の姿で狩りをしてるわよ。基本的に、ウルラが一番野性的なのよね」

「……野性的かぁ」

歩望にとってのウルラは、杏樹の執事という認識だ。

常に落ち着いていて、高級なスーツを着ていたとしても違和感などなさそうな紳士然としたウルラを思い浮かべ、野性的という表現とはギャップがあるなぁ……と苦笑する。

「ケルのほうが野性って言葉は似合うけど、煮たり焼いたりしたものが好きだよな？　生肉も、食ったりする？」

「オレは、なんでも食う。まぁ、マスターに一滴血をいただくだけで、事足りるんだけどな。栄養にならないとしても、食うのは好きだ」

「ああ……確かに、ドッグフードでも喜んで食いそうだな」

「なにっ？　そこらの犬と一緒にするなよ！」

　ガウッと噛みつかれそうな勢いで怒られた歩望は、自分が発した『ドッグフード』の一言で、ハルヤが連れていた犬のルクスを思い出した。

　一人ではなんとなく憂鬱《ゆううつ》な外出も、誰かと一緒ならさほど苦痛ではないかもしれない。

「あのさ、ケル……明日だけど、俺と一緒にそこの公園に行かない？」

「公園？　……昼間だよな」

　唐突な歩望の誘いに、ケルベロスは不審そうに聞き返してくる。

　嫌そうな顔からは、拒絶する気だという気配が伝わってきたけれど、歩望は気づかないふりをして言葉を続けた。

「うん。この前、大きな黒い犬をつれた男の子と逢って、少し話した。スケッチブックのケルを見て、逢いたいって言ってたから。悪いけど、獣姿になってほしいんだ」

「……犬扱いされるのは、気に食わん。それに、太陽が出ている昼間に姿を変化させるのは疲れる」

　予想どおりの反応だ。日中に外出するのは、億劫《おっくう》がるのも……獣姿になるのを渋るのもわかっていた。

だから、ケルベロスをその気にするべく策を講じる。

「ハルヤの母親が、おやつを用意してたなぁ。人間のものがほとんどだけど、ルークのもあったみたいだから、きっとケルにもくれるよ。……ビーフジャーキー」

歩望の口からビーフジャーキーという言葉が出た途端、文句を零していたケルベロスがピタリと黙り込む。

あと一押し、と読んだ歩望は畳みかけるように言葉を続けた。

「この前貰ったドーナツ、美味かったなぁ。ケルには本当に悪いけど、つき合ってくれたら嬉しいんだけどなー」

「そっ、そこまで歩望が言うなら、仕方ないな。つき合ってやらんこともない」

……勝った。

緩みそうになる頬をなんとか抑えていると、視界の隅に入るフレイヤが苦笑を浮かべているのがわかる。

歩望の誘導に、単純なケルベロスが乗せられた……と気づいていながら、双方のために敢《あ》えて口出しをせず、傍観者に徹してくれているのだろう。目の前で揉《も》められて巻き込まれるのが面倒なだけだとしても、ありがたい。

「じゃあ、明日のお昼過ぎくらいに出発するから。寝てても起こすけど、怒らないでよ」

「う──……わかった」

昼寝をしている時に起こされるのは、気に入らない。

でも、珍しいおやつにありつけるかもしれないのは魅力だ……という葛藤の結果、食い意地が勝ったようだ。

ケルベロスは、複雑そうな顔で歩望の言葉にうなずいた。

「……ご馳走さまでしたっ。歩望、フレイ、今日も美味しかった！」

「それはよかった。……歩望、このところ少し大きくなったかしら？」

ふと、たった今気がついた……という調子でそう口にしたフレイヤに、ビクッと手を震わせる。

毎日顔を合わせていても、そう感じるほど歩望は成長しているのだろうか。そういえば、シャツもズボンも……ゆとりがあったのに、ピッタリになっている。

「杏樹に、たっぷり血をあげたいから……いいことだよね」

喜んでいるふうに、意識して明るい声でフレイヤに答えると、「もちろん」と返ってきてホッとした。

フレイヤの中では、歩望が成長したことと人間に戻りかけていることが、イコールで結ばれていないらしい。

「今から、マスターの寝室へ？」

「……うん。フレイのおかげで、しっかり栄養補給ができたから。……じゃあ」

早口で言い残した歩望は、フレイヤとケルベロスの前から逃げるようにダイニングを出て、杏樹の寝室へ向かう。

約一週間前、自身の異変に気がついてからも、杏樹に血を提供して……お返しに杏樹の血を一口だけ貰っている。

初めは気のせいだと思いたかった血の味の変化も、今では認めざるを得ない。

あれほど魅惑的で甘く感じていたのに、顔をしかめないように必死で平静を保って無理やり飲み込んでいる。

杏樹の血を身体が受けつけないということは、絶対に隠し通さなければならない。

「普通の人間に戻りきる前に、もっと……杏樹の血を貰わないといけない」

そうすれば、少しでも人間に戻る時を遅らせることができるはずだ。

杏樹の血の濃度を、少しでも保たなければ……という焦燥感に突き動かされるまま、この一週間は毎晩杏樹の寝室に押しかけている。

これまでは、週に二、三度だった歩望の訪問に訝しげな顔をしていた杏樹だが、黙って歩望を迎え入れてくれる。

食事のために外出せずに、ベッドで歩望を待ってくれている……とまで思うのは、自惚《うぬぼ》れだろうか。

「……杏樹。入るよ」

いつものように軽いノックだけして訪問を知らせると、返事を待つことなく杏樹の寝室の扉を開けた。

暗い室内は、今の歩望にはハッキリ見えない。記憶を頼りにベッドに辿り着き、サイドテーブルのランプを灯す。

ようやく周囲がきちんと見えるようになり、ホッとしてベッドにいる杏樹に声をかけた。

「杏樹。……まだ寝てる？」

歩望の呼びかけに答えはない。

ベッドに膝を乗り上げても瞼を開くことはなくて、真っ直ぐに上を向いた端正な寝姿に笑みを浮かべる。

そっと手を伸ばして、冷たい頬に触れる。唇を辿り、首筋を指先で撫でても杏樹は目を覚まさなかった。

「勝手に咬みついたら、怒られるかな」

でも、起きている時の杏樹は口移しで一口だけしか血をくれないから、より多く得ようと思えば本人に了承を得ることなく強引に吸わせてもらうしかない。

今の歩望は、もともとささやかだった牙も更に縮んでいる。きちんと咬みついて、吸血ができるかどうかさえわからない。

「……無断で、ごめん」

謝っておいて首筋に齧りついた……直後、ビクッと杏樹の身体が震えて肩を掴まれた。恐ろしいほどの力で引き離されて、身を竦ませる。

「誰だっ！　……歩望？」

険しい表情で睨みつけられた。けれど、自分に覆い被さっているのが歩望だと気づいた杏樹は、緊張の抜けた声で名前を呼んでくる。

肩を掴まれていた手からも力が抜け、歩望は気まずい思いで謝罪を口にした。

「ご、ごめんなさい」

「ヘタクソな咬み方をしたのは、おまえか。ここ数日、やけに俺の血を欲しがるな」

歩望が、どうにかして少しでも多くの血を得ようとしていることに、杏樹も気づいていたらしい。

身体を起こした杏樹と、ベッドの上で向かい合ってうな垂れる。

杏樹の血を欲しがる理由なんて……言えない。人間に戻りそうだと本当のことを話しても、きっと杏樹は歩望がハーフヴァンパイアで居続けられるように、多くの血を与えてはくれないと思う。

もしも人間に戻れば、ここから追い出される……。

「杏樹の眷属にしてよ」

「またそれか。やけに拘るな」

「だって……」

そうでなければ、杏樹の傍にずっといさせてもらえない。

うつむいたまま答えようとしたところで、窓が外から開けられた。強い風が吹き込み、なにが起きたのかわからない歩望は咄嗟に目を閉じる。

風はすぐにやみ、今のはなんだったんだ？　と瞼を開いた。ベッドの脇には……見覚えのある、金色の髪の青年が立っていた。

「ルキフェル。非常識な訪問の仕方はやめろ」

「ヴァンパイアとしては、正しい登場の仕方だろう？　ここまで飛んできたから、直接窓から入ったほうが早いと思った……けど、お邪魔したかな」

歩望と視線が合ったルキフェルに、意味深な笑みを向けられる。

その『お邪魔』が『食事の邪魔をして』なのか、『会話の邪魔をして』なのか……なにを指しているのかわからないから、曖昧に首を左右に振った。

「あら、わかってない顔をして……アンジュってば、幼妻が可愛すぎて、まだ手を出していないのか。ベッドにまで連れ込んでいるくせに」

「……俺が連れ込んだわけではない。寝込みを襲われていたんだ」

杏樹の台詞は、間違いではない。

でも、歩望の目的がどこにあるのかハッキリ言っておかないと、ルキフェルは面白おかしく茶化してからかってくる……という危機感に、言い訳を口にしかけたけれど、少し遅かったようだ。

「あらまぁ、アユってば処女のくせに大胆だな。……処女だよね？」

ニヤニヤしながら妙な言い回しで揶揄されて、歩望は慌てて首を左右に振った。

「違うっ。けど、違わないけど……女じゃないんだから、その言い方は違う！」

自分がなにを否定しているのか、途中でわからなくなってしまった。あれ？　と首を捻っていると、手放しで笑われてしまう。

「あははは、カワイーな。で、本当はなにしてたって？」

「……杏樹の血、貰おうとしただけ。ハーフヴァンパイアじゃなくて、きちんとした……っていうか、眷属にしてほしいから」

ポツポツ口にすると、杏樹に険しい表情で睨まれた。

自分たちの様子からは、歩望が望むことを杏樹が拒絶しているのだと容易に察せられるのだろう。

ルキフェルが、「ふーん？」と少し意地の悪い微笑を浮かべて歩望の顔を覗き込んでくる。

「焚《た》きつけたのは僕だけど、そんなに闇の存在になりたい？　不老不死は、魅力かな」

歩望がどう答えるのか、面白がって尋ねているのだ。それがわかったから、真っ直ぐに蒼い瞳を見詰めて言い返した。

「不老不死とか、どうでもいい。杏樹と、ずっと一緒にいられる存在になりたいだけだ。たまたまヴァンパイアなだけで、草木や動物や、魚でも……なんでもいい。杏樹と同じなら、おれはそれだけでいいから」

ふと真顔になったルキフェルは、数回ゆっくりとまばたきをして……含むもののない笑みを浮かべた。

「いい子だなぁ。そんなにアンジュが好きか。どうしてもアンジュがその気にならないなら、僕が眷属にしてあげようかな。アンジュと直接的な絆はなくても、闇の存在であることは同じだよ。ねぇ、アンジュ？」

「ルキには関係ないだろう。余計な口出しをするな」

「……クールな反応だなぁ。焦って、阻止しようとすると思ったんだけど」

「見当違いだ」

淡々と言い返した杏樹に、歩望は奥歯を噛んで視線を落とした。

本当に、どうでもよさそうだ。

ここで、歩望がルキフェルに「お願い」と言えば、「勝手にしろ」と背を向けられてしまうのではないかと思うほど……。

「で、おまえはなにをしに来たんだ」

「ああ、そうだ。あまりにも楽しくて、忘れるところだった。長老が、アンジュはどうしているんだってお怒りモードだったよ。貴族会議にも顔を出さず、ずいぶんとご無沙汰だって」

「面倒なだけだ。だいたいそれも……」

なにか言いかけて口を噤んだ杏樹が、チラリと横目で歩望を見遣る。

きっと、ルキフェルとの話を自分に聞かれたくないんだな……と察して、ベッドから足を下ろした。

「おれは席を外すから、ルキはごゆっくりどーぞ」

「……僕の眷属になろうかって気になったら、いつでも言ってね」

笑って手を振ってきたルキフェルにはなにも言い返せなくて、曖昧な会釈だけを残して杏樹の寝室を出た。

杏樹は……歩望と目を合わせてくれなかった。

《八》

「アユムくん！」

　先週と同じ、芝生広場でケルベロスと座っていると、少し離れたところから子供の声に名前を呼ばれて顔を上げた。

　人前に出るから……とハーネス型のリードを装着してもらったケルベロスに、背中を屈めて小声で話しかける。

「あ、ケル。あの子がハルヤくん。大人しい、ただの犬のふりをしててね。ルークとも、ケンカしないでよ」

「……わかってるよ」

　繰り返し歩望が言い聞かせているせいか、答えるケルベロスの口調は「しつこい。メンドクセェ」という心情が露骨に表れている。

　歩望は獣姿のケルベロスの背中を軽く撫でて、「それも。しゃべらないでよ」と潜めた声で釘を刺した。

大きな黒い犬、ルクスをつれた母親が「走ったら転ぶよ」と声をかけたにもかかわらず、ハルヤは嬉しそうにこちらに駆け寄ってくる。

足を止めたハルヤは、立ち上がった歩望と、その脇にいるケルベロスをジッと見詰めた。

「……ケル？」

「そう。ケル。ルークより大きいだろ」

「うん。……すっごい」

予想より大きかったのか、ポカンとした顔でケルベロスを見ている。ルクスもかなりの大型犬だと思うけれど、ケルベロスは更に体格がいい。子供にとっては、子牛くらいのサイズに見えるはずだ。

さすがに怖がられるかな、という歩望の懸念は、直後に払拭された。

最初の驚きから即座に立ち直ったらしいハルヤが、恐る恐る手のひらを上に向けて右手を差し出す。イタズラのつもりか、ケルベロスがその指先をペロリと舐めた。

「うわっ」

驚いたハルヤがビクッと身体を引いたところで、母親とルクスが追いついてくる。

ハルヤは、母親を振り向いて一生懸命に話しかけた。

「ママ、ケルに手をペロッてされた。めちゃ大きいね。カッコいい！」

「まぁ、本当に大きい子。ルーク……仲良くできる？」

リードに繋いでいるルクスに話しかけたけれど、ルクスはケルベロスを警戒しているのか近づこうとしない。

きっと、普通の犬とはどこか違うことを、動物の本能で察しているのだ。怖がらせているなら、申し訳ない。

「身体が大きい子は、たいていおっとりしてるけど……ケルも大人しいのね」

「……はい。唸ったり噛んだりしないので、心配しないでください」

だよね、とケルベロスと目を合わせて念を押す。

ケルベロスは不機嫌そうに顔を背けたけれど、むやみやたらとただの犬にケンカを売ることはないはずだ。

「ケルとお散歩する！」

「おれは……いいけど」

いいのかな？　とハルヤの母親に視線で尋ねた。

彼女にとって歩望は、顔を合わせるのも今日で二度目という、よく知らない人間のはずだ。

ケルベロスが本当に大人しいかどうかも、歩望の言葉だけで確証はないだろう。

警戒されても、当然で……と思ったのに、ほとんど躊躇することなくうなずかれて驚いた。

「お散歩はいいけど、あまり遠くに行かないでよ。公園の中だけでね」

「うん！」

嬉しそうに笑ってうなずいたハルヤをよそに、歩望は焦って母親に聞き返す。

「あの、いいんですか？　おれを……信用して。もちろん、変なことをするつもりなんかは、全然ないですけどっ」

自ら、信用してもいいのかと質した歩望に、母親は視線を絡ませてくる。十秒あまり、そうして歩望と目を合わせて……ふっと笑った。

「この子、こうしたいって言い出したら引かないのよ。それに、疚《やま》しいことを少しでも考えている人は、そんなふうに真っ直ぐ私の目は見られないでしょう。アユムくんも、ケルも……信用します。ただ、ハルヤは暴れん坊で興味のあるものを見つけると脇目も振らずにすっ飛んでいっちゃうから、少しだけ気をつけてあげてほしいな。散歩コースの遊歩道を一周したら、気が済むはずだから」

公園をグルリと囲むように整備されている遊歩道は、お年寄りがゆっくりと歩いても二十分くらいで回りきれる安全な散歩コースだ。

今日のような晴天の土曜日だと、散歩中の誰かと必ずコースのどこかで行き逢うはずで、危険な要素はない。

「……はい。気をつけます」

歩望は、母親の目を見詰め返して大きくうなずいた。

こんなふうに、誰かに「信じている」と言ってもらったのは初めてだった。

それは、歩望が施設育ちだということを知らないから……かもしれないけれど、制服を着ているわけでもないし身分を証明できるものがなにもない、ただの『歩望』を見てそう判断してくれたのだと思えば、彼女の信用を絶対に裏切れないという気分になる。

「お散歩から戻ってきたら、おやつにしましょうね。今日は、マドレーヌを焼いてきたの。ケルもよかったら、ルークと一緒にわんわんビスケットを食べてね」

「うん。行ってきます！」

おやつ、という言葉に耳をピクリと震わせたケルベロスと、満面の笑みを浮かべたハルヤ。両方にクスッと笑った歩望は、母親に目礼を残して遊歩道に向かった。

「アユムくん、ケルのそれ……ハルヤが持ちたい」

革製のリードを指差されて、ケルベロスを見下ろす。

目で、「意地悪しないでよ」と伝えた歩望に、ケルベロスはぷいっと顔を背けたけれど、大きく尻尾を振って答えてきた。

「いいよ。はい」

「わーい、ありがと」

嬉しそうにケルベロスのリードを手にしたハルヤが、意気揚々と歩き出す。

大きな黒い犬をつれた子供の姿は自然と周囲からの注目を集め、ハルヤは「大きい犬だね」とか「お散歩できるんだ、すごいね」と声をかけられるたびに、嬉しそうに「ケルっていうんだよ！」と胸を張った。

海に臨む、景観のいい展望台のところを過ぎて公園の裏手に回ると、すれ違う人の数がグッと減る。

ゆったりと肢を運ぶケルベロスと並んで歩くハルヤを、歩望は数歩後ろで視界に捉えながら追いかけた。

心配することはなかったかな……と、頬を緩ませたところでハルヤが突然声を上げる。

「あっ！　あれ、なに？　おもしろいの、ある！」

「え、ちょっと待って、ハルヤくん！」

ハルヤを引き留める間もなく、見つけたなにかに向かって突進しようとする。ケルベロスが四肢を踏ん張ってブレーキになろうとしたけれど、ハルヤは邪魔と見なしたリードを手放して走っていってしまった。

「ケル、追いかけて」

「オレが、なにをできるって？　噛みつく？　押し倒す？」

「っ、どっちもダメ！」

獣姿のケルベロスでは、ダメだ。自分が追いかけなければ！

歩望は慌ててハルヤの後を追ったけれど、予想外に素早い。小道を曲がり、姿を見失いそうになって焦りが増した。

道は曲がってすぐに、二又に分かれていた。左は整備された遊歩道の続きで、緩やかな斜面を上に向かう右側の小道の先にあるのは、建設中のアスレチックフィールドだ。

「どっち……あんなところにいるし！」

遊歩道の脇に茂っている、低木のあいだから見えたのだろう。三角山状態に角材を積み上げてあるところを、よじ登ろうとしている。

立ち入り禁止の看板と、ポールに括りつけられたロープが張り巡らされているけれど、子供がくぐってしまえば役に立たない侵入防止措置だ。

「ハルヤくん、そこは遊んじゃダメ！」

太い金属のワイヤーでしっかり束ねられている角材の山は、簡単には崩れそうにない。でも、四、五メートルはありそうなあの高さから足を滑らせて落ちたら、間違いなく大怪我をするだろう。

焦って駆け寄った歩望を振り返ったハルヤが、

「アユムくん、高いよ！」

と、嬉しそうに手を振ろうとして角材から片手を離した瞬間、小さな身体が空中にふわりと投げ出された。

「ハルヤくん！」

実際は、ほんの数秒だったはずだ。でも、歩望の目にはスローモーションのように映り……

両手を広げて落下地点に滑り込む。

　衝撃を受けたと同時に目の前が真っ暗になり、周囲のすべての音が遠ざかった。

「……くん、アユムくんっ」

　身体を揺さぶられる感覚と、泣きながら名前を呼ぶ子供の声に意識が浮かび上がり……ゆっくりと瞼を開く。

「たいじょ、ぶ？　血が、血……出てる。痛い？」

「おれは、大丈夫。ハルヤくんは？　どこか、痛いところない？」

「な、ない。でも、アユムくんっ……死んじゃう。ママ、呼んでくるから。ここで待ってて。すぐだから。死なないでね」

　グズグズ泣きながら一生懸命にそう口にしたハルヤが、しゃがみ込んでいた歩望の脇から立ち上がった。

　すぐに足音が聞こえなくなり、大きく息をつく。

「ケル……いる？」

「ああ。まったくおまえは……よくよく頭を打つやつだな。マスターに拾われた時も、頭を打っていただろ」

「うん……」

　ケルベロスの声に緊張感がないのは、ハーフヴァンパイアである歩望にとって、この程度の怪我は大したダメージにならないと知っているからだ。

出血はすぐに止まり、傷も治癒する……はずなのに、歩望はどんどん血が失われていくのを感じる。

痛覚はないのに、身体が勝手に震える。この感覚は、久しく感じなかった……寒いというものか。

「歩望。血が止まらないぞ。どうしてだ」

ケルベロスも異変を感じ取ったのか、のんびりしていた声が硬質なものに変わった。歩望は、ジッと顔を覗き込んでくる黒い犬を地面に横たわったまま目に映して、口を開く。

「ケル……屋敷に連れて帰って。ここで死んだら、面倒な……ことに、なる……」

ここから移動してくれと訴えた歩望に、険しい声で聞き返してくる。

「どうなっているんだっ？」

「早く。あの子が、母親を連れて……来る前に」

一生懸命に走って、母親に助けを求めているはずのハルヤが頭に浮かび、「ごめんね」と心の中で謝る。

でも、救急車を呼ばれたら厄介だ。病院に連れていかれてしまう前に、ここを去らなければならない。

今の歩望は、どこまで人間に戻っているのかわからないのだ。

検査されたことで、普通の人間と少しでも違うところが見つかってしまったら、きっと留め置かれて更に詳しく調べられ……騒ぎになる。万が一でも杏樹とその眷属たちに影響があってはならないと、焦りばかりが込み上げる。

誰にも見られないところで死ぬか、杏樹に死体の始末を任せたほうがいい。

「早……く。ケル。ここを、離れ……って」

「くそ、この姿のほうが早いか。背中に乗ってしがみつけ。落ちるなよ」

「ん……」

シャツの袖を噛んで、身体を引き起こされる。クラリと眩暈を感じたけれど、なんとかケルベロスの背中に乗り上がって首にしがみついた。

つい今しがたまで自分が横たわっていた地面には、狙って置かれたかのように、ちょうど頭があった位置に大きな石が転がっていた。

血が、残っている。片づけておいたほうがいい……と思ったけれど、ケルベロスは屋敷のある丘の上に向かって走り出してしまう。

道路に出るよりも、こうしてショートカットしたほうが遥かに短時間で屋敷に辿り着けるだろう。

獣姿のほうが、と零したケルベロスの言葉の意味がわかった。

「面倒……かけて、ごめん」

風に流されそうな小さな声での謝罪だったけれど、首にしがみついている歩望の顔はケルベロスの頭のすぐ傍なので、きちんと耳に届いたはずだ。

けれど、ケルベロスからの応えはなくて……地面を蹴って走るスピードが上がったのを感じながら、目を閉じた。

《九》

「ど……なって、……んだ？」

「そうだなぁ。これは、ただの人間に戻りかけ……てと、しか……。いつから……」

複数の人が話している声が、途切れ途切れに耳に入る。不明瞭で、どこか遠くから聞こえるみたいだ。

一つは、杏樹のものだとわかる。

もう一つは……たぶん、ルキフェルだ。昨夜訪ねてきて、そのまま滞在し続けていたのかもしれない。

霞みつつあった意識がふと浮かび上がり、先ほどよりハッキリとしたルキフェルの声が耳に飛び込んできた。

「歩望が人間に戻りかけていると、気がつかなかったのか？　血の味が、変化していただろう」

「……気づかなかった。歩望も、普通に……いや、これまで以上に俺の血を飲もうとしていたんだ。ただの人間が、血を求めるとは……」

「それは、おまえに変化を気づかれないようにしていたんだっ。鈍感め。……出血が止まらないぞ。人間がこの肌の色になれば、危険だということはわかるだろう？」

手首を掴んで、腕を持ち上げられる。

腕が……腕だけでなく、身体全体が重い。動こうとしても、寝返りを打つことさえままならない。

杏樹を責めないで、とルキフェルに言いたいのに……声も出ない。

「こんなに青白いぞ。これ以上血が失われたら、眷属にするのも難しくなる。なにを躊躇っている？　さっさと歩望に咬みつけ」

「………」

少し苛立ったようなルキフェルの言葉に、杏樹が答える声は……聞こえない。歩望の耳にまで届かないだけか、杏樹が無言だからかはわからない。

どんな顔で、今の歩望を眺めているのか……確かめたいのに、視界が暗くてきちんと見られない。

「アンジュ！　本当に、間に合わなくなるぞ。なに、ぼんやりしてるんだっ」

数秒の沈黙が流れ、ようやく杏樹がポツポツと口を開いた。感情のまま口調を荒らげているルキフェルとは違い、平素と変わらない淡々としたものだ。

「俺の眷属にするのは、歩望にとって本当にいいことか？　永き命は、孤独で退屈だ。だいたい、生きることに執着はないと言っていたんだ。それに真の闇の存在になれば、人との接触は最低限に制限される。身を挺《てい》して庇《かば》うほど、人の子を好いているのでは……」

「ああ、もうっ。この根暗めっ。おまえが孤独で退屈だと思うから、歩望も同じ存在になって一緒にいようとしていたんだろ！　自分の損得じゃない。歩望は、おまえのことしか考えてないんだよ！　こんなネガティブくんのどこがいいのか、僕には理解不能だけどなっ」

ルキフェルが言葉を切ると同時に、掴んでいた手首を離される。

パタリと落ちた手にはほとんど衝撃がなく、どうやらベッドに寝かされているらしいと想像がついた。

「それに、このままでは眷属にするかどうかという問題の以前に……歩望の命が尽きるぞ。いいのか」

「それ……は……」

いい、か。よくない、か。杏樹の胸の裡《うち》は歩望にはわからなかった。

でも杏樹が、歩望を眷属にすることを望まないのなら……共にいたいと思う存在でないのなら、このまま息絶えてもいいかと、心臓の鼓動を感じながら考える。

トクトク……懸命に鼓動を刻もうとしている、忙しない心臓の動きからも、今の自分が『ほとんど人間』であることを思い知らされる。

「おまえが思い切れないなら、僕が咬もう。歩望は可愛いからな。僕の眷属にしても、不足はない」

少しトーンを落とした声でルキフェルが言葉を続け、ひんやりと冷たい手が首筋に押し当てられる。

体温のない杏樹の身体は、慣れ親しんだものだ。でも、この手は……杏樹のものではない。

視界はほとんど失われているけれど、それだけは確信を持つことができる。

「ゃ……だ。杏樹、ない……と」

ほんの少し頭を横に向け、ルキフェルの手を拒んだ。

嫌だ。杏樹以外に、牙を突き立てられたくない。

歩望は、闇の存在……不老不死のヴァンパイアになりたいわけではないのだ。杏樹の近くに寄り添うことのできる、杏樹に求められる存在でいたい。

ルキフェルの眷属になったとしても、それが杏樹の望んだものでなければ意味がない。

「嫌、だ。杏……樹」

かすれた声で杏樹を呼ぶ。

もし、ここで命が尽きるのなら……せめて、杏樹の腕の中で絶命したい。それくらいの望みは、叶えてくれてもいいだろうと、動かない指先を震わせる。

「アンジュ。月華のことが引っかかっているのは、僕もよくわかる。でも……歩望は違うだろう？　最初から……拾って連れ帰ることからして、特別なんだ。三年半も傍に置いていて、その特別に、名前をつけられる感情は湧かなかったか？」

ルキフェルがなにか言っているけれど、歩望の耳にはほとんど届かない。今の歩望は、全神経を傾けてただひたすら杏樹を追いかける。

杏樹の声しか、聞こえない……。

「……その名前は出すな。歩望と同列で語られること自体、不快だ。歩望は……全然違う。初めから、人間らしくなかった。……俺に懐くことからして、妙な子供だった」

そっと、前髪に指で触れられる。額に当たる指先は、氷のように冷たくて……この手は、杏樹のものだ。

無意識に唇を綻ばせたところで、やんわりとした冷たいものが唇に重ね合わされた。

「っ……ん」

杏樹の、キス。

血を口移しで与えられるという目的ではなく、ただ唇を触れ合わせるだけのキスは、初めてだ。

情けの、餞別《せんべつ》？　それでも、いいな……と瞼を震わせて薄く目を開けた瞬間、杏樹と視線が絡んだ。

歩望が瞼を開いていることがわかったらしく、真っ直ぐに目を合わせる。消えようとする光

を、瞳の中に探すかのように……歩望を見ていてくれるのが、嬉しい。

黒い瞳……が、まばたきと同時に、翠色のものへと変貌した。

「ルキフェル……出て行け。歩望と二人だけにしろ。廊下に立っている三人にも、俺が呼ぶまで入るなと言っておけ」

「……了解。上手くいくように、祈っておくよ」

「なにに祈る気だ？」

「んー……我らが始祖に、だな。至高の闇の王からの、ご加護がありますように」

ポン、と軽く頭に手を置かれる感じがして、ルキフェルの気配が遠ざかっていった。扉の開閉する音を最後に、静寂が満ちる。

……静かだ。

杏樹まで、共に出ていったのではないかと思うほど……と不安になりかけたところで、冷たい手に両頰を包まれた。

よかった。ここにいた。

「歩望。俺のものにするぞ」

感情を抑えた低い声が、静かに告げる。

うん……。嬉しいと、応えたいのに……声が出ない。指先一つ動かすことができず、かすかに瞼を震わせる。

「これまでよりずっと、深く牙を埋める。この状態では、おまえの体力と気力が持ち堪えられるかどうかわからない。血の入れ替えが失敗すると、骸《むくろ》も残らず塵《ちり》となる。笑顔や温もりだけでなく、姿を目にする自由さえ失われる……そんな空虚な思いを、俺にさせるな」

「ン……」

歩望はうなずいたつもりだったけれど、喉からほんのわずかな空気が漏れただけだった。

杏樹のため。

杏樹が望むのなら、どれほど困難であっても叶えたい。

自分のためであれば乗り越えられない苦痛であっても、杏樹のためならばいくらでも耐えてみせよう。

「……咬むからな」

短く予告された直後、首筋に冷たく鋭利な牙が押し当てられた。グ……と皮膚を破り、太い血管の内側まで食い込むのがわかる。

冷たいと感じたのは、わずかな時間だった。……燃えるように熱くなり、業火に投げ込まれたかの如き苦しさに全身を覆われる。

「ッ！　ぁ……あっっ、ぅ……」

ビクン、と。

自分の意思では少しも動かすことのできなかった身体が、大きく跳ねた。勝手に手足が震え、意図することなく覆い被さっている杏樹を蹴りつける。

「……ッ」

牙が抜けることを避けようとしてか、全身を使って押さえつけられた。

身体に残っていた血の量が、どの程度かわからないけれど……血液を吸い上げられる感覚に続いて、スッと心棒が引き抜かれたかのように手足の動きが止まった。

暗い。暗黒の闇の中に、意識がどんどん沈んでいく。

もう……なにも感じない。ただ、黒一色に覆われて……。

「……ゆむ。歩……望」

漆黒に塗り潰されかけた世界に、名前を呼ぶ杏樹の声がかすかに響く。

冷たい身体に全身を強く包み込まれたのを最後に、歩望の心身からすべての感覚が失われた。

《十》

頭のすぐ近くで、誰かがしゃべっている声が聞こえる。

「いつまで寝てんだか。おーい、そろそろ起きねーか？」

「やめなさいよ、ケル。強引に起こさないの。空気の入れ替え、してもいいかしら」

「ああ……もう陽が沈む。カーテンを開けても、問題ないだろう」

この三人の声には、聞き覚えがある。

でも……どこで聞いた、誰のものだろう。思い出そうとしても、頭の中に靄《もや》がかかったみたいになっていて、記憶が曖昧だ。

どこからか風が吹き込み、ふわりと髪が揺れる。夜露の香りを含んだ空気の匂いだ……と、瞼を震わせた。

目を開けることができない。手も、指さえ動かすことができなくて……眠りすぎた時のように、身体が重い。

「あっ、フレイ。ウルラ！　歩望の目がちょっとだけ動いたぞ」

「風で髪が動いた影じゃなくて?」

「違うって!　見ろよっ」

「どれどれ?」

ガヤガヤ……これまで以上に声が近くなり、眠りに戻らせてくれない。

うるさいな、と眉をピクリと震わせる。その瞬間、先ほどの男が「ほらな!」と勝ち誇ったように声を上げた。

「マスターを呼んでこよう」

一人分の気配が遠ざかり、女の声が、そわそわとした早口でなにやらたくさんしゃべっている。

「……長く眠っていたから、お腹が空いてるかも?　ああでも、もう……人の食べ物は喜んでくれないかもしれないわ。味覚が変わってるはずだから」

「オレは、なんでも美味いぞ!」

「あんたはね。……飲み物も、いらないかしらね」

声が二人分になっても、賑やかさは変わらない。

二度寝ができる空気ではなくなり、ふっと吐息を零した。

視界が暗い原因となっている、重い瞼をなんとか引き上げようとした瞬間、室内の空気が変わった。

「……マスター」

「目を覚ましたか」

「いえ、それが……覚醒しているような感じですが、目も開けないのでよくわからなくて」

　これまでの男と女の声に、また別の低い男の声が加わる。その声が届いたと同時に、胸の奥に上手く言葉で言い表せないものがポツリと落ちた。

　胸の真ん中から波紋のように広がり、指先まで行き渡り……ピクッと指が動いた。

「覚醒しているな。歩望。……俺の声が聞こえるなら、目を開けろ」

「……ッ……ん」

　ひやりと、冷たいものが頬に触れた。冷たい、と感じたのは一瞬で、すぐさま自分の体温と馴染む。

　触れてきた指が、ぬくもりを帯びたのではない。自分も、この指と同じくらい……肌が冷たいから？

「ケル、出るわよ」

「えっ、でも……歩望」

「マスターと歩望の、久々の再会なんだ。我々は邪魔だろう。失礼します、マスター」

　静かに気配が遠ざかり、三人の声が聞こえなくなる。

　ここに残るのは……今、自分に触れている指の主だけ……？

「歩望。目を開けないか」

傲慢《ごうまん》に命じているようでいながら、その声には懇願するような響きが漂っていた。

どこか頼りなく、淋しそうでもあり……不安を含んでいる。

愛しい、この声が誰のものか……自分は、知っている。

「ん……」

ゆっくり瞼を押し開くと、すぐ傍に漆黒の瞳があった。ベッドに腰かけた杏樹が、食い入るようにジッとこちらを見詰めている。

「……杏、樹」

かすれた声でなんとか杏樹の名を呼ぶと、険しい表情を浮かべていた杏樹の顔からふわりと緊張が解けた。

歩望から目を離さないまま、そっと指先で目元にかかる前髪を払われる。

「おれ、なんか……すげ、寝てた？　……ケホッ、喉、渇い……っ」

尋ねたいことは、まだたくさんあるような気がするのに、喉がカラカラに渇いているせいできちんと声が出ない。

自分は、どうなっているのだろう。

見上げた天井の模様から、ここが自分の部屋のベッドだということはわかるが、眠る前のことがよく思い出せない。

強烈な喉の渇きと、全身の異様な重さだけが確かなものだ。

戸惑いに視線を泳がせる歩望を見ていた杏樹が、唇に仄《ほの》かな笑みを滲ませる。

「ふっ……寝惚けているんだろう。渇いているなら、飲むか」

「あ……」

珍しい杏樹の微笑を堪能する間もなく、背中を掬《すく》い上げられるようにしてベッドから身体を起こされる。

クラリと眩暈を感じた歩望が上半身をぐらつかせると、当然のように杏樹の腕の中に抱き寄せられた。

なに……？　笑ったり、優しい仕草で抱き寄せたり……なんだか、杏樹が変だ。いや、自分はもっと変だと思うけれど……？

「ほら、好きなだけ飲め」

自分が着ているシャツの襟元を開放した杏樹が、わずかに頭を右に傾けて白い首筋を歩望に差し出してきた。

色香などという言葉では表現できない……抗うことなど不可能な、強烈な誘引力を放っている。

喉の渇きが頂点に達し、ふらりと唇を寄せようとした歩望は、杏樹の首筋まで十数センチを残して動きを止めた。

「で、でも……直接咬んで？　それは、おれは……」

無理だ、と肩を落とす。

もともとハーフヴァンパイアの歩望の牙は、未熟なものだったのだ。

それが、人間に戻りつつあることで更に縮んで……皮膚を破って肌に突き立てるなど不可能な、貧相なものになっている。

「できるかどうかなど、やってみないとわからないだろう」

歩望の頭を引き寄せた杏樹は、促す仕草で後頭部をポンと軽く叩く。

絶対に無理だ、とわかっているのに……目の前の杏樹の肌は魅惑的で、そろりと唇を開いて齧りついた。

「そこじゃない。ヘタクソが。……ここだ」

頭に添えられた杏樹の手に誘導され、目を閉じて、思い切って咬みつく。

プツリと薄い肌が破れる感触に続き、口腔いっぱいに、なにものにもたとえ難い極上の甘い蜜が流れ込んできた。

反射的にビクッと頭を揺らした歩望を、離れるなと言っているかのように杏樹の手が押さえつけてくる。

「っ……ん、ンッ……ン……」

瞬時に渇きが癒やされた、と思ったのに……すぐにまた強烈な欲求が湧いてくる。

足りない。まだ……もっと、これでは足りない。もっと欲しい。もっと……もっと……。

衝動に突き動かされるまま、思考力を手放した歩望は、貪るようにしてとろりとした甘みを堪能する。

喉だけでなく、ありとあらゆるものが枯渇していた全身に染み渡り……杏樹の血が、歩望の身体に浸透する。

まるで、細胞が生まれ変わっていくみたいだ。全身に纏っていた重い膜が、スルリと剥がれ落ちる。

甘くて、甘くて……頭の芯が痺れる。麻薬と呼ばれるものがどう心身に作用するのか知らないけれど、これはもっと特殊で甘美な魅惑の甘露に違いない。

「っは……はぁ、なに……なん、で？　な……にが」

夢中で杏樹の血を吸い上げていた歩望は、舌が痺れるような怠さを感じて埋めていた牙を抜いた。

慣れないところに力が入っていたせいか、舌がきちんと動かせなくて聞きたいことの三分の一も言葉にできない。

はぁ、と大きく息をついた歩望に、杏樹は笑みを深くして指を伸ばしてきた。

「零れてる。ヘタだな。……新米だから仕方がないか」

唇の端に付着していたらしい血を指先で拭われて、杏樹がペロリと舐める。自身の血であるせいか、黒髪と黒曜石のような瞳に変化はない。

「だから、なん……で」

「説明は後だ。確かめさせろ。おまえの血が……俺と同種のものになっているか」

「ア……」

身に着けているパジャマの襟元を引き下げられて、首筋に顔を埋めてきた。耳の下あたり、杏樹が好む場所を舌先で辿られて、じわりと牙を突き立てられる。

「ッン……」

身体に染みついた習慣で、杏樹の頭を抱き寄せた。指を絡めていた髪がいつしか銀色に変容して、ギュッと抱く手に力を込める。

もう、二度と……こんなふうに触れられないかと思っていた……？　どうして、そんなふうに……？

「いいだろう。同じ属性のものに変化している。これまでより、更に甘く……伴侶である眷属の血が特別だというのは、事実だったんだな。覚醒には、前例がないほどの時間を要したが……問題なさそうだ」

牙を抜いて顔を離した杏樹は、翠色の瞳で歩望を見下ろして満足そうに笑う。

また、だ。また、この優しい表情。

目が覚めてからの短い時間で、杏樹の笑みを目にしたのは何度目だろう。

「杏樹。おれ……どれくらい、寝てた？　夢の中で、いろんなこと……あった気がするけど、どこまで現実だった？」

白い霧に包まれた記憶は、どこまで夢の出来事でどこから現実に起きたものなのか、あやふやだ。

杏樹の肩に両手で縋りつくようにして、記憶の答え合わせを求める。

こちらを翠色の瞳で見下ろした杏樹は、わずかに思案の表情を浮かべてゆっくり歩望の左手を取った。

自分の指と歩望の指を絡みつかせて、ギュッと握られる。

「体温も、同じだろう」

「……うん」

杏樹の手を、冷たいと感じない。

理由は、歩望も同じ体温になっているから……？

杏樹の瞳から、目を逸らすことができない。次に、杏樹の口から出る言葉がどんなものなのか、怖かった。

自分が期待したものではなかったら……反動で、どこまで沈み込むことになるかわからなくて、息を詰めて視線を絡ませ続ける。

きっと必死の表情をしている歩望に、杏樹は小さく吐息をついてほんの少し眉根を寄せた。

「説明は、後でもいいだろう。時間は無限に近いほどあるんだ」

「無限……って」

「野暮だな、歩望。今は、それよりも……甘露のくちづけを」

これ以上、歩望が余計なことを口にしないように、と。言葉を封じるかのように、唇を重ね合わされる。

甘露のくちづけ。

それはまさに、歩望が杏樹のキスに感じていたことだ。

蜂蜜やシロップ、どんな甘みよりも魅惑的で……どれほどの高級品でも代用できない、世界で一番、唯一の劇薬にも等しい。

「ン、ぅ……ぁ」

舌先を触れ合わせると、先ほど杏樹から貰った甘みの余韻が、杏樹の舌に残っている自らの身に流れているものと混ざり合う。

同じ……と、杏樹が言っていたとおりだ。

杏樹の背中に腕を回した歩望を、同じ強さで抱き返してくれる。

今は……そう、これだけでいい。

杏樹の言葉を信じれば、時間は無限に近くあるらしいのだから。

魅惑の口づけ

太陽が西に傾き、空が茜色に染まる。

夜の帳が下りると、この屋敷の住人たちは活動を始める。あくびを噛み殺しながら階段を下りた歩望の目の前で、一室のドアが勢いよく開いた。

「わっ、なに？　ケル……ビックリした」

「歩望、玄関に誰か来たみたいだぞっ」

「え？　誰か……って、ここに予告なく訪ねてくるような人は……」

ケルベロスと顔を見合わせた歩望は、最後まで語らず語尾を濁した。けれど、ケルベロスの苦い表情からは、歩望が口に出さなかった『彼』と同じ人物を思い浮かべているのだと、伝わってくる。

「歩望、オレはマスターに」

「一緒に行こう、ケル。あの人じゃないかもしれないし」

逃げかかったケルベロスの腕をガシッと掴み、玄関へと誘導する。

あの人が苦手なのは、歩望も同じだ。二人だと、多少気が紛れる……かもしれない。

「ううう、確かめてあの方だったら、オレはマスターにお知らせに行くからな」

「ケルが呼びに行かなくても、杏樹は気配で察してるはずだから出てくるんじゃないかな」

逃がさないから、とケルベロスの腕を掴む手に力を込める。

歩望が杏樹の『眷属』になって、半月が過ぎた。知らせなくても、そろそろあの人は訪ねてくると思っていたので、覚悟はしていたつもりだけど……どれだけからかわれるのか、予測不能だ。

「こんばん……はっっ！」

「……アユ！　すっかり立派な同族だね！　無事に血の交換が成立して、よかった！」

玄関先に顔を覗かせた瞬間、視界の端をキラリとした金髪が過って長い腕の中に抱き込まれる。

素早く身を躱《かわ》したケルベロスが、恨めしい。

「ルキフェル、苦しい。放し……て？」

身を捩ってルキフェルの腕の中から逃れた歩望は、見慣れた金髪と蒼い瞳の青年の後ろに佇む人物に気がついて、目をしばたたかせた。

腰まである長い黒髪、白い肌、紅をスッと引いたような赤い唇……日本人形がそのまま人間サイズになったかのような、美人だ。ただ、服装は着物ではなくクラシカルなロングドレスで、和洋が絶妙に同居した不思議な魅力を漂わせている。

「あなたがアユ？　話だけは、ルキから聞いていたわ。本当にキュート！」

「え……えっっ、あの、あなたはっ？」

ルキフェルと同じ仕草で女性にギュッと抱き締められた歩望は、目を白黒させる。身長は、歩望とほぼ同じだ。薔薇の花に似た芳香がふわっと鼻先をくすぐり、戸惑いが増す。

誰だ？　彼女は、歩望の名前を知っているみたいだけれど……。

助けを求める目をルキフェルと、すぐ傍にいるはずのケルベロスに向けて……ビクッと身体を震わせた。

ケルベロスが、いつになく険しい顔で女性を睨みつけている。反してルキフェルは、飄々と笑っていて……まるで対照的な二人の様相に、ますます戸惑う。

「……歩望！」

どうすればいいのかわからず固まっていると、低い声で名前を呼ばれて、心底ホッとした。

足音なく近づいてきた杏樹は、歩望の身体を自分の腕の中に引き寄せて強く抱き締める。

「なにをしに来た。二度と顔を見せるなと言ったはずだ。殺されたいのか」

威嚇しているとしか思えない杏樹の台詞に、彼女はのんびりとした調子で答える。

「いやだ、怖い。あなたが眷属を持ったと聞いたから、逢いたかったの。気難しいあなたの伴侶になった人が、興味深くて。ルキから聞いていたとおり……それ以上に可愛らしいわ」

「アンジュ、そんなに怖い顔と声で威嚇するな。アユが驚いているだろう。それに、月華は僕の伴侶だぞ。おまえに殺されるのを、黙って見ているわけにはいかないな」

のほほんとした声で割って入るルキフェルは、この場の張り詰めた空気がわかっていながら笑っているに違いない。歩望には真似のできない図太さだ。

杏樹とケルベロスの纏う空気はピリピリしているのに、ルキフェルと女性は気にする様子もない。

「ね、アユはキュートだろう。月華とはまるでタイプが違うが、杏樹にはアユのような威勢のいい子が合っていたんだろうな」

……あ、さっきからなにか引っかかると思っていたら、『月華』だ！

ルキフェルと杏樹の会話に何度か出てきたその名前は、歩望の記憶に深く刻まれている。

過剰ともいえる反応をする杏樹にとって、なにかしら特別な存在だろうと確信していたのだ。

その『月華』が、この女性……？

「出ていけ。歩望に近づくな。不快だ」

「まだ、根に持っているんだよなぁ。帰ろうか月華。アユに逢って、気が済んだだろう？

まったく……アンジュが会議にアユを伴っていたら、わざわざ逢いに来ることもなかったのに」

「ええ。私も、殺されるのは嫌だもの。……いつかまた、アユ。ふふ、数百年後になるかしら」

ルキフェルに肩を抱かれた女性が、開け放されたままだった玄関扉を出ていく。風が扉を閉めて、シン……と静かになった。

「あ、あの……杏樹。ケル……？」

今にも唸り声を上げそうだったケルベロスが、ようやく全身に纏っていた棘《とげ》を引っ込めた。

杏樹は……歩望を腕に抱いたまま、鋭い目で閉じた玄関扉を睨んでいる。

「ケル、あいつを二度と屋敷に入れるな」

「はっ、申し訳ございませんでした」

「杏樹、あの人……なに？　どうして、そんなに嫌なんだ？」

杏樹の着ているシャツの袖口を握り、尋ねる。本当は、聞かれたくないはずだ。少し前までの歩望なら、杏樹が嫌がるものに踏み込まなかった。

杏樹は、無言で歩望を睨み下ろしてくる。その鋭い目から逃げることなく、ジッと見詰め返した。

「言いたくない？　でも、おれは……聞く権利があるよね」

傲慢な主張だと思うけれど、引き下がれない。あちらは歩望のことを知っていたし、あの『月華』を知らないのは歩望だけのようなのだ。

今の歩望は、杏樹の眷属……伴侶だ。杏樹に関することなら、知っておきたい。それにきっと、歩望も完全に無関係ではないはずだ。

目を逸らさない歩望に根負けしたのか、杏樹が小さく息をついて肩の力を抜いた。

「……わかった。ケル、歩望と寝室に籠もる」

「はい。お声もかけませんので、ごゆっくり。オレはここで……番犬の役目を果たします」

杏樹が嫌がる存在の侵入を許したことに、相当落ち込んでいるらしい。しょんぼりとした声で答えたケルベロスに、杏樹はなにも言うことなく背を向ける。歩望は慌ててケルベロスを振り向いたけれど、自責の念に駆られているらしいケルベロスは目を合わせてくれない。

「歩望」

足の動きを止めたせいか、苛立ちを含んだ声で名前を呼ばれ……慌てて歩みを再開させた。


自室に入り、ベッドに腰を下ろしたきり、杏樹は難しい顔で黙り込んでいる。早く話せと催促はできなくて、隣に座った歩望は、ただひたすら杏樹が自ら口を開くのを待った。

「……あの女……月華とは、百年ほど前に出逢った。今は、見てのとおりルキの眷属だ」

「うん」

ようやくポツポツ語り始めた杏樹の声を、一言も聞き漏らさないよう耳に意識を集中させる。

杏樹の冷たい手をギュッと握り、急かさない、きちんと聞いていると、言葉ではなく伝えた。

「久々に顔を見たが……憎しみを持つこと自体、馬鹿げているな。不思議と、以前ほど激しい憎悪を感じなかった。……おまえがいるからか」

「……憎んでいた？」

殺されたいのか、と口にした杏樹。それほど憎むなにが彼女とのあいだにあったのだと、控えめに聞き返す。

躊躇うような沈黙が流れ、ふっと嘆息した杏樹はなにかを吹っ切ったような顔をしていた。

「かつて俺は、あの女に利用されたんだ。愛してると……思っていた。だがあの女は、俺などどうでもよくて、闇の存在となり永遠の美貌を得たいだけだった。証拠に、俺が眷属とするのを迷っているあいだにルキの甘言に乗って、あいつの眷属となった。利己的な人間に、裏切られたと……憎んだが、今となってはどうでもいい。……あの二人は似合いだ」

杏樹は簡潔に語ったけれど、それほど簡単に割り切れる感情ではなかったはずだ。

迷いつつ、一度は眷属……つまり『伴侶』にしようと思った相手なのだから。

眷属という言葉がルキフェルの口から出るたびに苦い顔をしていたのも、歩望を眷属にすることに躊躇っていた理由も……根底にあったのは、『月華』かもしれない。

彼らにとっては、『ほんの』百年前……そんなやり取りがあった相手の前に、飄々と笑って顔を出すことのできるルキフェルと月華は、確かに似合いの二人だ。どちらも、よくいえば度胸が据わっている……図太い神経の持ち主だと思う。

「今は、直接逢っても、彼女にそれほど憎しみを感じなかった？　おれがいるから？　だったら……よかった。杏樹が少しでも苦しくなくなったなら、眷属にしてって迫った甲斐があった」

苦しかった過去を聞いておきながら笑うなと、怒られるかもしれない。でも、杏樹の中で

『過去』になっている……その理由の一つに自分の存在があるのなら、嬉しかった。

「……おまえがいるからだ。もう、月華はどうでもいい。馬鹿げた意地や迷いで、おまえを失いかけた。失わずに済んで……心から安堵《あんど》している」

言葉の終わりと同時に、ギュッと杏樹の腕の中に抱き込まれた。

自分が、杏樹の中にあった苦しさや憎しみを癒やすことができたのなら、それだけで消えなくてよかったと思える。

冷たい腕の中にいるのに、胸の奥にあたたかいものがじわじわと広がっていく。

「歩望。……咬むぞ」

「う、うん」

首筋に唇を押しつけた杏樹に低く宣言されて、歩望は小さく頭を上下させた。

今は、なんだか……マズい気がする。杏樹に咬まれると、変なことを口走りそうだ。でも、杏樹に求められて拒めるわけがない。

複雑な心情で杏樹の頭を抱き寄せて、肌に埋められる牙の感触に瞼を伏せた。

鋭い牙を身に受けるこの行為は、官能的だと思う。そんなふうに感じるようになったのは、歩望も吸血ができる牙を得て、杏樹の首筋に咬みつくようになってから……だ。

「ぁ、は……っ、ン……ン」

肌に埋めた牙から、体液を啜る。舌に広がり、口腔に満ち……喉を伝う甘露は、栄養補給という意味だけでない特別なものだ。

歩望は、杏樹の血を摂取するたび、身体の奥から湧き上がる熱に戸惑うのに……杏樹は歩望の血を身に取り入れても、なにも感じないのだろうか。

「ゃ、ッ！」

ビクッと身体を震わせた歩望は、咄嗟に杏樹の肩を押し返してしまった。拒むような仕草にハッとして杏樹に目を向けると、翠色の変化した瞳に戸惑う光を浮かべて歩望を見ている。

杏樹がなにか言い出す前に、慌てて言い訳を口にした。

「違うっ。嫌だったんじゃない。おれ……ハーフじゃないヴァンパイアになってから、なんか変なんだ。杏樹に血を吸われたり、杏樹の血を吸ったりしたら、身体が……ざわざわして、熱くなる。体温がないはずなのに、変だろ。それに、ちょっと前まで人間だったせいだと思うけど、なんていうか……や、やらしい気分になる。杏樹がエロく見えるとか、おかしい。杏樹はそんな俗っぽいことを考えもしないはずなのに、おれだけ……こんな……っ、ごめん」

恥ずかしさのあまり、消えてしまいたい……と、歩望は自分の両腕で顔を隠す。

最初は、自分が感じているモヤモヤとしたものの正体がわからなかった。人間だった時も、誰かに強烈に欲情した経験などなくて、他人の体温など一生知らずに終わるのではないかと漠然と考えていた。

けれど……杏樹の眷属となって、これまで知らなかった自分を見つけてしまった。

杏樹はいつも淡々としているのに、自分だけ熱を上げているなんて恥ずかしくて堪らない。

「……歩望」

「いいっ。フォローとか慰めとか、いいからっ。寝て起きたら鎮まるから、放っておいて」

杏樹の言葉を遮った歩望は、腕で顔を隠したままベッドに転がって身体を丸める。背を向けた杏樹が、どんな顔で自分を見ているのかわからない。

あの、綺麗な顔に呆れの色を滲ませているかもしれないと、想像するだけで……このままベッドに沈み込みたくなる。

「勝手に決めつけて背を向けるな。俺は放置か？　……おまえと同じものを、求めているのに」

ギシッとベッドが揺れて、うなじに冷たい唇が押しつけられる。ビクッと肩を震わせた歩望は、顔を覆っていた手を除けて目を見開いた。

「ッ、え……？」

今、杏樹はなんて言った？　同じものを、求めて……？

恐る恐る振り返ろうとしたところで、グッと肩を掴まれて仰向けに体勢を変えられた。歩望に覆い被さるようにして見下ろしてくる杏樹を、薄闇の中で呆然と見上げる。

翠色の瞳が、ジッと歩望を見下ろしている。熱っぽく、潤んでいる……と感じるのは、気のせいではないはずだ。

「無理を強《し》いたくなかった。伴侶である眷属の血は、特別だ。繁殖とは縁のないこの身に、肉欲を呼び覚ますほど……」

繁殖のための生殖行動ではない。だからこそ特別なのだと、歩望も思う。

ただ純粋な欲望によって、相手を求め……求められたいと願う。欲深く、罪深い。

「お、おれで、その気になる？」

「……ああ。この身に熱を呼び起こすのは、おまえだからだ」

躊躇いも考える間もなく返された言葉に、胸の奥から歓《よろこ》びが湧く。

動かないはずの心臓が、トクトク激しい鼓動を刻んでいるような錯覚に戸惑った。

「おまえが俺と同じなら、遠慮はやめだ。全部……なにもかも、俺のものにする」

「そんなの、とっくに……杏樹のものだ。たぶん、最初に拾われた時から……」

両手を伸ばして、杏樹の首に絡みつかせる。ゆっくり近づいてくる端整な顔に瞼を伏せて、冷たい唇が重ねられるのに睫毛を震わせた。

唇の隙間から潜り込んできた舌が、そこにあることを確かめるように歩望の牙を辿る。くすぐったくて、でもそれだけではない感覚に肌がざわつき、杏樹の背を抱く手に力を込めた。

「あ、杏樹は……誰かと、したこと……ある？」

シャツの裾《すそ》を捲《めく》り上げて素肌を撫でる手に、落ち着かない気分を誤魔化そうとして……野暮な質問を投げかけた。黙殺されるかと思ったが、杏樹は淡々と返してくる。

「人間は快楽に弱い。吸血行為を記憶から消すのに、最適な手段だからな。それに、快楽を得ると血の質が上がる」

「…………」

聞かなければよかった。過去の食事、すべてに嫉妬《しっと》してしまう。

黙り込んだ歩望になにかを感じたのか、服を剥ぎ取りながら杏樹が続けた。

「ただ、人間を眷属としたのは初めてなんだ。その上で、こうして腕に抱くのは……未知の行為だ。おまえは……俺は、どうなるんだろうな。このように昂揚するのも過去にない」

昂揚、と言いながら冷静な口調なのに……と唇を尖らせかけた歩望だが、ふと違和感に気がついた。

シャツを剥ぎ取り、ボトムスを下着と纏めて引き下ろし……素足に触れる手が、かすかに震えている？

「どんな杏樹も、好きだよ。だから、おれがどんなふうになっても……嫌わないで」

「嫌う？　どうすればおまえを嫌えるのか、教えてほしいくらいだな。歩望……おまえは、俺の例外で特別だ。愛してると……そのような言葉では表せない、唯一の存在だ」

「……ん、杏樹」

喉になにかが詰まったようになって、言葉が出ない。ただ一つ、杏樹の名前だけはなんとか呼ぶことができた。

杏樹の手を、今は同じ体温になった歩望は冷たいと感じない。それなのに、腿の内側を這い上がり、脚のあいだ……熱を帯びた屹立《きつりつ》に絡みつく指は冷たいような気がして、小さく足を跳ね上げさせる。

「ぁ、ッ……ゃ、恥ずかし……よ。杏樹に、こんな……触られ、て」

「なにを恥じらう？　俺も同じだと言っただろう。それに、そんなことを考える余裕はすぐになくなる」

ゆるゆると指を動かしながら、更に膝を割り開かれる。閉じられないように杏樹の身体を挟み込まされて、戸惑いに視線を泳がせた。

「おまえは、俺のことだけ考えていればいい。他のものは、頭から追い出せ」

「う……ん、ぁ！」

かすかに頭を揺らすと、脚のつけ根に冷たい唇が押し当てられた。舌がなにかを探すように肌を這い、冷たい牙を感じて……まさか、と思う間もなく牙を突き立てられた。

「っあ！　ぁ……ッ」

太い血管が、脚のつけ根にもあることは……知っていた。でも、吸血にそこを使うと考えたことはなくて、下肢全体が痺れるような感覚に襲われる。

杏樹の指……舌、牙……今、この身になにを感じているのか、わからなくなる。

「杏、樹……、ン……ン、ぁ」

冷たい指、が……今、どこにある？　下半身だけでなく、身体のどこにも力が入らなくて、わからない。

震える手で脚のあいだにある杏樹の髪を掻き交ぜて、戸惑いを伝える。

「歩望」

そうして、どれくらい牙を身に埋められていたのか……名前を呼ばれて伏せていた瞼を開くと、杏樹の翠色の瞳と視線が絡んだ。

「まだ終わりではない。少し体勢を変える。身体を起こすぞ」

「ん……」

力の入らない身体を抱き起されて、杏樹にもたれかかった。杏樹の腿に乗り上がり、背中を抱き寄せられて肩のところに頭を預ける。

「しがみついて……咬んでいればいい」

大きな手で頭を包み込むようにして撫でられ、目の前の白い首筋に咬みつくよう促された。

思考力の鈍くなった歩望は、誘導されるままふらりと引き寄せられるようにして、杏樹の首筋に唇で触れる。

舌先で肌を舐めて、位置を定め……牙を埋める。濃密な血の味を舌先に感じた直後、粘膜を押し広げるようにして身体の奥に長大な異物が突き入れられる。

「ぅ……ん、んっっ」

「っ、ふ……」

なにが、起きた……と杏樹の背中にしがみつく手に力を込めた。頭のすぐ傍で、杏樹が息を詰める気配が伝わってくる。

肌に突き立てた牙からは、甘みを増した血の味が……。

「ン……、ぅ、あ！」

あまりにも濃密な血を受け止められなくなりそうで、牙を抜いて喉を反らした。

頭の芯が、甘く痺れている。自分の身体なのに、動かすこともできなくて……飲み込んだ杏樹の血が、全身を駆け巡る。

怖い。こんなの……知らない。快楽と呼ぶには強烈すぎる感覚が、身体の内側でどんどん膨らんで、破裂しそうで……。

「杏、樹。咬ん……で。吸って……っ。じゃ、ない……と、溢《あふ》れ……るっ」

「すごいな、歩望。咬みつく前から、芳醇《ほうじゅん》な血が香り立っている。吸い尽くしそうだ」

「いい……っ、……い尽くして、いいっ、から。も……ッ、もう、ダメ。おかし……っ、なる」

なんとかしてほしい、と杏樹の肩あたりを引っ掻きながら訴える。

自分がどうなっているのか、なにを口走っているのかもわからなくて……どうにかしてくれるのは、杏樹だけだ。

「ッ、そんなに締めるな。もっと……乱したくなるだろう」

「ヤダ！　ゃ……早く、咬ん、で」

「ああ……」

「ひぁ！　ぁ……ぁ……っん」

首筋に尖った牙が押しつけられた瞬間、歩望は杏樹の頭を抱き込んで全身を震わせた。

血を吸われる前なのに、身体からなにかを吸い出されたような脱力感に襲われる。

「っと、まだだ。もう少しつき合え」

杏樹の言葉も、首筋に食い込んできた牙の感触も……なにもかも鈍くて、歩望はもう声もなくすべてを受け止めた。

杏樹の血に感じた今までにない甘さを、歩望の血を口にした杏樹も味わっているといい……と、そう願って瞼を伏せた。


「ん……ん？」

ゆらゆら、身体を揺られる心地よさに意識を浮上させた。石鹸《せっけん》の、いい匂いがする。

薄く開いた目に映ったのは、翠色の瞳と銀色の髪の……。

「杏、樹？」

「目が覚めたか。湯加減はどうだ」

「う、ん……、気持ちい……」

うなずいたのと同時に、とぷんと水音が耳に入る。全身をぬるい湯に包まれていて、背後から杏樹に抱かれた状態で大きなバスタブに身を沈めているのだと、気がついた。

歩望の顔を覗き込んだ杏樹は、珍しく唇に微笑を浮かべている。

「意識を飛ばすほど心地よかったか」

「……あ、そうじゃ……ないとは言えないけど、なんか……わけわかんなくなった」

パチン、と。目の前でシャボン玉が弾けたみたいに意識がクリアになる。同時に、この状態に至るアレやコレを思い出した。

杏樹の言葉を否定できない。身に余る快楽を受け止めきれず、ストンと意識を落としてしまった。

「慣れないうちは仕方がない。そのうち、慣れて……吸血も上手くなるだろう」

「そのうち、か。おれはどれくらい杏樹と一緒にいられる？　不老不死って言い方をしていたけど、死なないわけじゃないいんだよね」

ただの人間に比べたら、不老不死に等しいのかもしれない。でも、純血種だという杏樹よりは弱い存在のはずだ。

「そうだな……少なくとも六百年前に伯父の眷属になった人間は、健在だな」

「ろっぴゃく……」

そんなことを聞かされては、遥か先のことを考えるのが馬鹿らしくなってしまった。

ふぅ、と息をついた歩望を背後から杏樹が抱き寄せる。

「おまえは、余計なことを考えなくていい。まぁ……ルキたちほど能天気になれとは、言わないが」

「……あの人たちは、一族でも特殊なんだよね？」

「当然だ。ルキと一緒にするなと、憤慨される」

即答で断言されて、少しホッとしてしまった。杏樹の一族というものが、全員ルキフェルや月華のような性格なら馴染む自信がない……と考えていたのだ。

「そうだね。おれは、今……杏樹といられる。それだけで満足だ。何百年か先のことなんて、考えるだけで途方もないし……今は、いいか」

背後にいる杏樹の肩に頭をもたせかけると、胸元に腕を回して抱き寄せられる。

こんなふうに、誰かとくっついてなにもかも預けることができるなんて、数年前の歩望には考えられなかった。生きる理由もなく、ただ日々を消化し……誰かのためにここに在ろうと、そう思える存在ができたことが不思議だ。

「歩望。眠いか？　……疲れただろうからな」

「う……ん」

目を閉じると、ただひたすら心地よさに心身を包まれる。

ふわりと意識を手放しかけたところで、唇を冷たい指先で辿られた。

「眠りにつく前に、くちづけを」

「……うん」

触れた唇からは、吸血した直後でもないのに甘露の香りが流れ込んできて……極上の眠りへと身を沈めた。

あとがき

こんにちは、または初めまして。真崎《まさき》ひかると申します。このたびは、「魅惑の甘露 ～幼妻はハーフヴァンパイア～」をお手に取ってくださり、ありがとうございました！

主人公の歩望は、不幸が重なって半分吸血鬼になりました。当初の設定では、もっと大人しくネガティブな少年だったのですが、予定よりずっと気が強くて逞しい子になってしまった気がします。でも杏樹が根暗と言われるキャラなので、ちょうどよかったかもしれません。

歩望をとってもキュートに、黒髪杏樹も銀髪杏樹も、どちらもクールビューティーに描いてくださった明神翼《みょうじんつばさ》先生には、本当に感謝感激です。「冒頭の登場シーン『は』格好いい」と笑われ、いつの間にかヘタレなダメ男になってしまった杏樹が、とことん崩れなかったのはビジュアルが美麗だったおかげです……。お手数をおかけしました。ありがとうございました！

今回も、とてつもなくお世話になった担当Nさま。学習能力の乏しい恥ずかしい大人で、すみません。マイペースすぎる私の手綱を巧く操ってくださり、ありがとうございます。

そしてなにより、ここまで読んでくださった方、ありがとうございました！ あまり、それらしくなかったヴァンパイアたちですが、ちょっぴりでも楽しんでいただけると幸せです。

二〇一七年　今秋は雨が多くて金木犀が短命でした　真崎ひかる

こんにちは、明神翼です☆
「魅惑の甘露～」、とってもキュンでメロ～なステキなお話で
ほんと楽しくイラストを描かせていただきました♡
「美味しい血を飲んでもらえるように、ご飯食べる」って、
自分で美味しくなってやるからな…なんて…もぉっっ
健気すぎてアユがもう愛しいなぁと…♡
そして私的にはケルベロス萌え——♥♥
ケルの「オレはここで番犬の役目を果たします」ってのに、ワンコだ——！こいつ
絶対、大型ワンコだぁぁ♥
と、もだえてしまいました✿
ケル、カワイイ♥♥♥
真崎ひかる先生、
素晴らしい萌えを
どうもありがとう
ございました——！
みょうじんつばさ☆

ダリア文庫

鷹晴は母親の再婚相手に会うため訪れたホテルで、端正な容貌の"大人の男"彬親と出会う。一気に彬親に惹かれていくが、半月後再会した彼は、なんと義理の兄だった！ 叶わない恋でも、せめてそばにいたいと、彬親のマンションに転がり込むが――。

✻ 大好評発売中 ✻

初出一覧

ダリア文庫をお買い上げいただきましてありがとうございます。
この本を読んでのご意見・ご感想・ファンレターをお待ちしております。

〒170-0013 東京都豊島区東池袋3-22-17 東池袋セントラルプレイス5F
(株)フロンティアワークス ダリア編集部
感想係、または「真崎ひかる先生」「明神 翼先生」係

この本のアンケートはコチラ!

http://www.fwinc.jp/daria/enq/
※アクセスの際にはパケット通信料が発生致します。

魅惑の甘露 ～幼妻はハーフヴァンパイア～

2017年11月20日 第一刷発行

著 者 ——
真崎ひかる
©HIKARU MASAKI 2017

発行者 ——
辻 政英

発行所 ——
株式会社フロンティアワークス
〒170-0013 東京都豊島区東池袋3-22-17
東池袋セントラルプレイス5F
営業 TEL 03-5957-1030
編集 TEL 03-5957-1044
http://www.fwinc.jp/daria/

印刷所 ——
中央精版印刷株式会社